Straeon ac Arwyr Gwerin Cymru

Cyfrol 3

John Owen Huws

Lluniau gan Catrin Meirion

Cyhoeddwyd yn wreiddiol fel GAWN NI STORI 5 a 6
yn 1992/93.
Argraffiad newydd: Mai 2001

℗ awdur/Gwasg Carreg Gwalch

Rhif Llyfr Safonol Rhyngwladol:
0-86381-691-6

Llun clawr a'r lluniau tu mewn:
Catrin Meirion

Cynllun clawr: Alan Jones

Argraffwyd a chyhoeddwyd gan Wasg Carreg Gwalch,
12 Iard yr Orsaf, Llanrwst, Dyffryn Conwy, LL26 0EH.
☎ 01492 642031
🖷 01492 641502
✉ llyfrau@carreg-gwalch.co.uk
Lle ar y we: www.carreg-gwalch.co.uk

i
Gruffudd a Caradog,
er cof am Dad,
adroddwr straeon wrth fodd plant Cymru

5

Cynnwys

EILIAN A'R TYLWYTH TEG

Mae Maes Caernarfon yn enwog ledled Cymru. Yno y clywch chi Gymraeg arbennig y Cofis, sy'n galw eu mam yn 'hen fod', eu tad yn 'hen go' a'r gath yn 'giaman'. Yn un pen i'r Maes mae anferth o gastell a godwyd gan Iorwerth I ar ôl lladd Llywelyn Ein Llyw Olaf dros saith gan mlynedd yn ôl, ac yn y pen arall mae clamp o Swyddfa Bost sydd ymhell o fod yn saith gant oed!

A dweud y gwir, dydi'r Post ddim mor hen â hynny oherwydd tan yn gymharol ddiweddar bryn neu boncan oedd yno. Fe gafodd ei lefelu adeg gwneud y Cei Llechi mawr sydd yng nghysgod y castell. Wrth wneud hyn, fe gafodd y Cofis glamp o Faes a chlamp o Gei sy'n fargen go lew am chwalu poncan o dir!

Os edrychwch chi ar hen luniau o Gaernarfon mae'r bryn lle mae'r Post yn awr i'w weld yn glir. Yno y byddai ffeiriau Caernarfon yn cael eu cynnal dros y canrifoedd a'r ffair honno ydi cychwyn stori Eilian a'r Tylwyth Teg . . .

* * *

Mis Hydref oedd hi, amser maith yn ôl a doedd Abel Prydderch a'i wraig, Mali, ddim yn hapus iawn. Roedden nhw'n byw yng Ngarth Dorwen, fferm fechan y tu allan i Ben-y-groes. Dyffryn Nantlle.

'Dydw i ddim yn un i gwyno, Abel,' meddai Mali, 'mi wyddost ti hynny'n iawn, ond mi ydw i'n teimlo bod gwaith y fferm yn dechrau mynd yn drech na fi.'

'Efallai wir,' oedd yr ateb gofalus. 'Dydi'r naill na'r llall ohonan ni'n mynd ddim ieuengach.'

'Meddylia di beth leici di Abel, ond does dim digon o oriau mewn diwrnod rhywsut. Mi rydw i'n codi cyn cŵn Caer ond hyd yn oed wedyn, does dim dichon gorffen yr holl waith sydd i'w wneud, rhwng y smwddio, y golchi, y corddi a'r pobi.'

'Wel ia,' meddai Abel, 'roeddwn i'n amau bod pethau'n dechrau mynd yn drech na chdi'n ddiweddar.' Wnaeth o ddim dweud pam – ei fod wedi sylwi ei fod yn cael bara a chaws i ginio a swper bob dydd yn ddiweddar. Feiddiai o ddim cwyno rhag ofn pechu ei wraig, oherwydd roedd yn meddwl y byd ohoni.

'Beth am gael morwyn i fy helpu i?' meddai Mali.

'Wel, dyna syniad gwych – mi fedrith hi gorddi a golchi, sgubo a sgwrio yn dy le di a mi gei dithau lonydd i goginio wedyn.'

'Wyt ti'n cwyno am dy le?'

'Nac ydw i, ond mi fyddai ambell blatiad o lobsgows

neu darten afalau yn dderbyniol iawn.'

'Taw dithau! Wel, fe gei di gyfle i lenwi dy geubal ddiwedd y mis efallai,' meddai Mali.

'Pam felly?'

'Paid â dweud dy fod wedi anghofio ei bod hi'n Ffair Galangaeaf yng Nghaernarfon. Mae hi'n ben tymor ar y gweision a'r morynion adeg y ffair honno.'

'Wel ydi'n siŵr, a siawns na chawn ni forwyn werth chweil adeg hynny. Go dda chdi 'rhen Fali.'

'Llai o'r "hen" yna 'ngwas i – cofia dy fod di dair blynedd yn hŷn na fi!' A chwarddodd y ddau yn hapus ar ôl gweld eu bod ar fin cael ateb i'w problem.

Pan ddaeth diwrnod y Ffair, gwisgodd Abel a Mali eu dillad gorau ac ar ôl gosod Bess y gaseg rhwng llorpiau'r trap, aeth y ddau am Gaernarfon i chwilio am forwyn weithgar.

'Bobol bach, mae'r lle dan ei sang,' meddai Abel, wrth geisio llywio Bess drwy'r tyrfaoedd ar y Maes.

'Ydi, mae'r byd a'i frawd yma,' meddai Mali. 'Siawns na chawn ni forwyn heddiw.'

'Synnwn i ddim nad oes bargen i'w chael ar fuwch gorniog hefyd,' oedd ymateb Abel. 'Pam nad ei di i edrych ar y stondinau defnyddiau a llestri yn ymyl y Castell yn y fan acw tra bydda innau'n holi sut brisiau sydd ar y gwartheg?'

'Wnei di mo'r fath beth yli! Dod yma i chwilio am forwyn wnaethon ni a dyna ydan ni'n mynd i'w wneud! Mi wn i am dy gastiau di – mi fyddi di wedi prynu buwch a llo cyn pen chwinciad a fydd yna ddim pres i gyflogi morwyn wedyn.'

'Iawn, Mali,' meddai Abel, a'r gwynt wedi ei dynnu o'i hwyliau. Roedd o'n prysur anghofio am ei brydau bara a chaws diddiwedd wrth weld yr anifeiliaid a gobaith am fargen.

'Draw ar y boncan yn y fan acw mae'r gweision a'r morynion sy'n chwilio am le yn sefyll. Mi awn ni draw yno rŵan cyn i'r pres yna sy'n dy boced di losgi twll!' meddai Mali.

Er eu bod nhw'n medru gweld y bryn, doedd cyrraedd ato ddim yn dasg hawdd y diwrnod hwnnw. Roedd cannoedd ar gannoedd wedi heidio i'r dre i brynu ac roedd digon o ddewis ar eu cyfer – a sawl un yn barod i dderbyn eu ceiniogau prin.

'Yli Dafydd Ddall y baledwr yn y fan acw,' meddai Abel. 'Clyw, mae o'n cynnig baled yn adrodd hanes llofruddiaeth Dolgellau am geiniog.'

'Wsti beth Abel, mi fedrai rhywun wario ffortiwn yma mewn bore, rhwng y gwerthwyr sidan, y ffisig-mendio-pob-dim, y llestri ac ati.'

'Greda i. Sbïa mewn difri calon – mae'r stondin acw'n cynnig dangos rhyfeddodau'r byd am dair ceiniog – ci hefo dau ben, dynes hefo locsyn a'r dyn talaf yn y byd. Beth am fynd draw . . . '

'Na! Abel. Morwyn yn gyntaf. Mi gawn ni grwydro'r ffair wedyn. Mi leiciwn i fynd i garafan y sipsi acw i gael dweud fy ffortiwn a mi gei dithau fynd i weld y sioe a'r bocsio tu ôl i dafarn y *Bachgen Du* wedyn os leici di – ond morwyn yn gyntaf, Abel bach!'

'Iawn, Mali.'

Erbyn hyn, roedden nhw wedi cyrraedd y bryncyn lle'r oedd y gweision a'r morynion yn sefyll. Roedd criw ohonyn nhw, y gweision ar un ochr a'r morynion yr ochr arall. Yno hefyd roedd nifer fawr o ffermwyr yn eu dillad gorau a bob hyn a hyn roedd sŵn clec wrth i ffermwr a gwas daro cledr llaw y naill a'r llall i ddangos eu bod wedi taro bargen.

'Weli di rywun sy'n mynd â dy ffansi di?' meddai Abel.

'Na welaf i – beth amdanat ti?'

'Ddim â dweud y gwir. Petawn i'n chwilio am was, fyddai yna ddim problem, mae yna ddigon o grymffastiau cryf yma.'

'Ie, rydw i'n cytuno. Mae'r morynion yma'n edrych yn debycach i forynion plasdai'r dre yma na merched cefn gwlad rywsut.'

'Ydyn . . . ond aros am funud, Mali. Beth am nacw?'

'P'run? Honna sy'n sefyll ar wahân yn y fan acw? Ia, mae golwg iach a chryf arni hi.'

'Dydi honna ddim ofn gwaith caled i ti,' meddai Abel.

'Does ond un ffordd o wybod,' oedd yr ateb. 'Mi awn ni i holi.'

Ac felly fu. Clywodd y ddau mai Eilian oedd enw'r ferch, ei bod yn hanu o Nant y Betws ac yn chwilio am waith ar fferm, os medrai, gan ei bod yn hoffi byw yn y wlad. Hoffodd y tri ei gilydd yn syth a thrawyd bargen yn y fan a'r lle. Rhoddodd Abel swllt o arian lwc iddi ac aeth y tri i grwydro'r ffair wysg eu trwynau ar ôl cytuno y byddai Eilian yn cyrraedd Garth Dorwen erbyn wyth y bore Llun canlynol.

Y prynhawn hwnnw, aeth Eilian a Mali i gael dweud eu ffortiwn. Dywedodd y sipsi wrth Eilian y byddai'n mynd ar daith i wlad bell a chlywodd Mali y byddai'n cael ei thynnu i antur a fyddai'n peryglu ei bywyd. Chwerthin wnaeth y ddwy yn eu tro, gan feddwl bod y sipsi'n rhamantu wrth edrych i'w phelen risial. Ychydig a feddyliai'r ddwy mor wir oedd ei geiriau . . .

* * *

Y dydd Llun canlynol, cyrhaeddodd Eilian Garth Dorwen ac yn union fel yr oedd Abel a Mali wedi rhagweld, dechreuodd weithio fel slecs. Doedd dim blino arni a byddai'n gweithio dan ganu o fore gwyn tan nos. Roedd yn giamstar ar gorddi a gwnai'r menyn gorau yn Nyffryn Nantlle. O fewn rhai wythnosau, roedd Mali yn tynnu coes Abel ei fod yn mynd yn fwy na llond ei groen gan ei bod hi bellach yn rhydd i baratoi'r holl ddanteithion blasus yr oedd yn eu hoffi. Chwerthin yn braf wnaeth yntau a dweud:

'Wyddost ti beth, mi fuon ni'n lwcus ar y naw i gael gafael ar Eilian cyn neb arall.'

'Do, wir. Mae hi'n chwip o forwyn.'

'Wel ydi. Welais i erioed neb yn cymryd y fath ddiléit yn ei gwaith,' meddai Abel.

'Yr unig beth ydw i'n gweld yn od ydi ei bod hi'n leicio mynd allan i nyddu gyda'r nos.'

'Pam hynny?'

'Abel bach, meddylia am funud. Tydi hi'n gefn trymedd gaeaf. Does yna neb yn ei iawn synnwyr yn mynd allan i'r priffyrdd a'r caeau i nyddu yr adeg yma o'r flwyddyn.'

'Paid tithau â bod mor ddiniwed, Mali! Nyddu wir! Wedi cael hyd i gariad tua'r Pen-y-groes yna mae'r hogan, mi ro i 'mhen i'w dorri.'

'Wyt ti'n meddwl? Mae hi'n dod yn ei hôl hefo tomen o edafedd bob tro.'

'Ydi siŵr. Mi wn ei bod hi'n un weithgar, ond fedr yr orau ddim gweld i nyddu ar gaeau Garth Dorwen a hithau fel bol buwch ym mis Ionawr! Ar ben hynny mae hi'n chwipio rhewi ac mae pawb call yn swatio wrth ymyl y tân. A dyna i ti beth mae Eilian yn wneud y funud yma – ond mai tân rhywun arall ydi o!'

'Wel, os wyt ti'n iawn, gobeithio na fydd hi'n meddwl am adael. Mae hi'n rhy dda ei gwaith o lawer i feddwl am ei cholli hi rŵan,' meddai Mali.

Ond colli Eilian fu'r hanes. Dechreuodd fynd allan wedi iddi dywyllu yn amlach ac amlach gan aros allan yn hwyrach o hyd. Ac yna, un noson, ddaeth hi ddim yn ôl o gwbl.

Chysgodd Abel na Mali yr un winc y noson honno. Yng ngolau llusern a gyda Mot y ci wrth eu sawdl, buont yn chwilio pob modfedd o'r caeau ond doedd dim golwg o Eilian.

Fore trannoeth, aeth Mali i Ben-y-groes i weld a wyddai rhywun ei hynt a'i helynt yno a daeth yn ei hôl â'i hwyneb yn hir. Doedd neb wedi ei gweld a sicrhâi pawb hi nad oedd yn gariad i'r un o'r bechgyn lleol. Yn y pnawn, aeth Abel heibio godre'r Mynyddfawr a Chwm Du i Nant y Betws rhag ofn bod y forwyn wedi dianc adref. Yno, synnodd pawb ei weld oherwydd doedden nhw ddim wedi gweld Eilian ers y diwrnod y cychwynnodd yng Ngarth Dorwen ond roedd wedi gyrru sawl llythyr yn dweud ei bod yn hapus iawn yno a bod Abel a Mali yn garedig iawn tuag ati. Doedd dim lliw na llun o Eilian yn unman. Roedd yn union fel petai'r ddaear wedi ei llyncu . . .

* * *

Aeth y misoedd heibio ac er bod llawer o sôn am y peth ar y pryd, anghofiodd pobl y cylch am Eilian – pawb ond

Mali, a oedd yn gorfod gwneud yr holl waith ei hun bellach, ac Abel a oedd yn ôl yn byw ar fara a chaws!

Roedd Mali yn fydwraig – hynny ydi, yn ddynes oedd yn helpu i ddod â phlant i'r byd – ac un noson olau leuad dyma gnoc ar y drws.

'Pwy aflwydd sydd yna'r adeg yma o'r nos?' meddai Abel.

'Wn i ddim wir,' atebodd Mali. 'Faint o'r gloch ydi hi?'

'Pum munud i unarddeg.'

Yna, daeth sŵn cnocio eto ac aeth Mali i agor y drws. Clywodd Abel lais dyn.

'Noswaith dda – Mali Prydderch ydych chi?'

'Ie, syr' meddai hithau.

'Rhaid ei fod yn rhywun pwysig,' meddai Abel wrtho'i hun, wrth glywed Mali'n dangos y fath barch ac aeth at y drws i gael cip ar y dieithryn.

'Mae fy ngwraig yn disgwyl babi unrhyw funud. Fedrwch chi ddod i'w helpu hi?'

'Medra i. Arhoswch i mi daro clogyn dros fy ysgwyddau.'

Tra'r oedd Mali'n brysio i nôl ei chlogyn, cafodd Abel olwg iawn ar y dyn dieithr. Roedd yn gwisgo dillad du o'i gorun i'w sawdl ond roedd y defnydd yn un drud iawn yr olwg ac yn wahanol i'r un defnydd a welsai o'r blaen. Roedd ei geffyl hefyd yn ddu fel y fagddu a phrin ei weld a wnai ar y buarth, er ei bod yn noson eithaf golau oherwydd y lleuad llawn.

'Ddaethoch chi'n bell, syr?' meddai Abel, yn ceisio canfod mwy am y dyn cyfoethog.

'Na, ddim felly,' meddai hwnnw, heb gynnig mwy o esboniad.

Synnodd hyn Abel, oherwydd roedd yn adnabod

pawb oedd yn byw yn lleol – a welodd o erioed mo'r dyn yma o'r blaen. Erbyn hyn, fodd bynnag roedd Mali yn ei hôl a'r dyn dieithr yn siarad eto.

'Os eisteddwch chi y tu ôl i mi ar y ceffyl fe awn ni at fy ngwraig ar unwaith, os nad oes gwahaniaeth gennych chi.'

'Wrth gwrs,' atebodd Mali. Ac i ffwrdd â nhw.

Caeodd Abel y drws a mynd i'w wely, ond ni fedrai gysgu. Roedd rhywbeth yn od am y dieithryn ar y ceffyl du ond ni fedrai yn ei fyw feddwl beth ydoedd.

Os oedd Abel yn synfyfyrio, roedd Mali yn synnu! Yn lle carlamu am filltiroedd i ryw blasdy pell, y cwbl wnaeth y dyn dieithr oedd mynd i gyfeiriad Rhos y Cowrt, nad oedd yn bell o gwbl ac at fryncyn sydd yno o'r enw Bryn y Pibion. Yn naturiol, fe wyddai Mali am y lle'n iawn a gallwch ddychmygu ei syndod pan aeth y ceffyl â hwy i ogof dywyll ar ochr y bryn – ogof na wyddai am ei bodolaeth cyn hyn.

Cafodd fwy o syndod byth pan welodd olau ym mhen draw'r ogof a'i chael ei hun mewn palas hardd! Aeth y dyn dieithr â hi i stafell fawr, y grandia welodd Mali erioed. Roedd aur ac arian yn sgleinio ym mhobman ac roedd tanllwyth o dân mewn grât marmor ar un ochr iddi. Yr ochr arall roedd gwely wedi ei wneud o aur pur gyda matres o'r plu meddalaf a chyfnasau sidan drosto. Yn gorwedd ynddo roedd gwraig ifanc.

'Dyma fy ngwraig,' meddai'r dyn dieithr. 'Wnewch chi ei helpu?'

'Gwnaf siŵr.'

'Da iawn. Fe fyddaf yn ôl cyn bo hir, pan fydd y babi wedi cael ei eni, ac os gwnewch chi eich gwaith yn iawn, fe dalaf i'n dda i chi.'

'Diolch yn fawr, syr.'

Wel, fe aned y babi'n iawn ac wrth ei glywed yn bloeddio'n iach, daeth y dieithryn yn ei ôl. Yn ei law, roedd potelaid fach o eli.

'Mali Prydderch,' meddai, 'rydw i am i chi roi'r eli hwn ar lygaid y plentyn bach. Mae'n rhaid i chi fod yn ofalus iawn hefo fo a gofalu peidio â'i gyffwrdd yn eich llygaid chi. Ydych chi'n deall?'

'Ydw, syr.'

'Da iawn. Ar ôl i chi orffen, galwch arnaf – fe gewch eich talu ac fe af â chi'n ôl i Garth Dorwen.'

Dechreuodd Mali iro llygaid y bychan ar unwaith, gan ddefnyddio ei bys bach. Yn sydyn, teimlodd rhyw gosi yng nghornel ei llygad dde, a heb feddwl dim, rhwbiodd hi . . . dyna chi, hefo'r union fys oedd yn rhoi'r eli ar lygaid y bychan!

Ar unwaith, hefo'r llygad honno, gwelai olygfa hollol wahanol i'r hyn a welai hefo'i llygad chwith – sef yr un heb eli. Yn hytrach na bod mewn palas hardd, gwelai ei hun mewn ogof damp, dywyll, hefo llygedyn o dân myglyd – ac yn lle'r gwely aur, doedd yno ddim ond swp o wellt. Ond y sioc fwyaf oedd sylweddoli pwy oedd yn gorwedd ar y gwair a newydd gael babi . . .

'Eilian! Chdi sydd yna!'

'Ust! Mistres annwyl! Siaradwch yn dawel, bendith y tad, neu mi fydd yna drwbl. Ond sut ydych chi'n fy adnabod i p'run bynnag?'

'Cael peth o'r eli yna ar fy llygad wnes i. Tae waeth am hynny – wyt ti'n iawn, Eilian fach?'

'Ydw i – ond fyddwch chi ddim os sylweddola fy ngŵr eich bod chi wedi fy adnabod i. A dweud y gwir dydw i ddim yn meddwl y byddai'n gadael i chi fynd oddi yma byth.'

'Ond pwy ydi o?'

'Un o'r Tylwyth Teg ydi o.'

'Y Tylwyth Teg!' meddai Mali mewn syndod.

'Ust, mistres. Gwrandewch arnaf i. Peidiwch â chymryd arnoch eich bod wedi fy adnabod ac fe gewch fynd oddi yma'n wraig gyfoethog. Os na wnewch chi, yma y byddwch chi am byth, fel fi.'

'Eilian fach, tyrd hefo fi.'

'Fedra i ddim. Dyna ddigon rŵan; galwch ar fy ngŵr cyn iddo fo amau fod dim o'i le.'

Gwnaeth Mali yn ôl gorchymyn Eilian ac aeth y dieithryn â hi'n ei hôl at ddrws Garth Dorwen. Cyn ffarwelio rhoddodd lond pwrs o aur iddi yn dâl am helpu ei wraig.

* * *

Aeth y misoedd heibio unwaith eto, ond erbyn hyn roedd hi wedi newid byd ar Mali ac Abel. Yn sgîl yr aur a gafodd gan y Tylwythyn cawsant forwyn arall i helpu ac roedd digon ar ôl i brynu unrhyw fwyd blasus oedd at ddant Abel, a oedd yn cael ei wala a'i ddigon bellach.

Un diwrnod, aeth Mali i'r farchnad ar y Maes yng Nghaernarfon i siopa ac wrth fynd o stondin i stondin, sylweddolodd fod rhywun yn mynd o'i blaen a'i fod yn dwyn. Dyn mewn dillad duon oedd o a gwelodd ef yn stwffio sawl peth i'w bocedi heb i neb sylwi.

Yn sydyn, sylweddolodd Mali pam nad oedd y bobl eraill yn gweld y lleidr – doedd hi ond yn gallu ei weld â'i llygad dde – y llygad yr aeth yr eli iddi. Ni allai ei weld o gwbl â'i llygad chwith. Penderfynodd fynd ato i'w atal rhag dwyn rhagor ond pan aeth yn ddigon agos i weld ei wyneb yn iawn fe gafodd ei synnu. Gŵr Eilian – y dyn cyfoethog a roddodd yr holl aur yn dâl iddi – oedd y lleidr. Yn ei sioc gofynnodd:

'Sut mae Eilian?'

'Mae hi'n dda iawn, diolch,' meddai'r Tylwythyn, â golwg gyfrwys ar ei wyneb. 'Hefo pa lygad ydych chi'n gallu fy ngweld i?'

'Hon!' meddai Mali yn ddifeddwl, gan bwyntio at ei llygad dde. Yr eiliad honno, cododd y Tylwythyn frwynen oddi ar lawr a'i sodro yn llygad Mali nes iddi golli ei golwg yn y llygad honno.

Welodd Mali byth mo'r Tylwyth Teg ar ôl hynny, ond meddyliodd lawer gwaith mor wir oedd geiriau'r hen sipsi yn y ffair ers talwm.

* * *

Er bod y bryn ble gwelodd Mali ac Eilian gyntaf wedi mynd, mae'r farchnad yn dal yno bob Sadwrn fel yr

oedd hi ers talwm ac efallai bod y Tylwyth Teg yn dal i grwydro'r Maes ond nad oes neb yn gallu eu gweld bellach.

Ar ben hynny, mae'r cae lle diflannodd Eilian at y Tylwyth Teg yn dal yng Ngarth Dorwen hefyd, sef Cae Eilian, ond does dim hanes o'r ogof lle'r oedden nhw'n byw, er bod y bryn yn dal yno.

Fyddech chi'n ddigon dewr i fentro i mewn iddi petaech chi'n cael hyd iddi? Fyddwn i ddim . . .

GUTO NYTH BRAN

Yn ddiweddar, fe godwyd cofgolofn yn Aberpennar i un o arwyr enwocaf Cymru, sef y rhedwr, Guto Nyth Brân. Ei enw iawn oedd Gruffydd Morgan ac roedd yn byw yn Nyth Brân, plwyf Llanwynno yng Nghwm Rhondda. Codwyd y gofgolofn iddo oherwydd mai ef oedd y rhedwr cyflymaf a welodd Cymru erioed. Yn wir, efallai mai ef oedd un o redwyr cyflyma'r byd. Cafodd ei eni yn y flwyddyn 1700 a bu farw yn 1737, felly dim ond tri deg saith oed oedd Guto'n marw. Eto, er i'w fywyd fod yn fyr, mae llawer o straeon yn dal i gael eu hadrodd amdano fo. Rydw i'n siŵr yr hoffech chi glywed rhai ohonyn nhw . . .

* * *

Tyddyn bach eithaf cyffredin yr olwg oedd Nyth Brân

dri chan mlynedd yn ôl. Fel sawl tyddyn arall yn ardal Pont-y-pridd yr adeg honno, cerrig llwyd garw oedd y to ac roedd y waliau wedi cael eu gwyngalchu. Doedd dim yn arbennig chwaith am y tir, oherwydd mynydddir digon gwael oedd o, a doedd dim dichon cadw dim arno ar wahân i ddefaid. A dyna'n union wnâi tad Guto, gyda'i help ef.

Er pan oedd yn ddim o beth, bu Guto wrth ei fodd yn rhedeg. Pan fyddai'n chwarae 'Tic' hefo'r plant eraill doedd dim posib ei ddal a dywedai ei fam ei fod yn medru rhedeg mor gyflym ac ysgafndroed mai prin blygu wnâi'r gwair dan ei bwysau. Nid oedd na giat na gwrych, allt na chors yn ei arafu pan oedd yn rhedeg a medrai redeg dros fynyddoedd y cylch fel ewig. Dilynai linell syth drostynt a charlamu mynd, dim ots pa mor serth oeddynt.

'Wnei di fynd i Aberdâr i mofyn burum i mi y bore yma Guto?' meddai ei fam wrtho un bore. 'Rydw i am bobi heddiw ond does gen i ddim burum. Elli di fynd i mi wedyn, os gweli di'n dda?'

'Mi af i'n awr, Mam,' oedd ateb Guto.

'Na, paid â mynd yn awr. Dwyt ti ddim wedi cael brecwast eto fachgen.'

'Wn i beth, Mam – llanwch chi'r tegell a dechrau paratoi brecwast i mi ac fe fydda i yn fy ôl erbyn y bydd popeth yn barod.'

'Ond mae hi'n ddeuddeg milltir i Aberdâr ac yn ôl!'

'Fe wn i hynny, ond fydda i ddim gwerth yn mynd dros y mynydd. Wela i chi cyn bo hir! Hwyl!'

Ac i ffwrdd â Guto fel mellten i fyny'r bryniau ac i lawr y llethrau fel petaen nhw ddim yno. Roedd tipyn o waith paratoi brecwast i lond tŷ o blant llwglyd ond fel yr oedd popeth yn barod a'r bwrdd wedi ei hulio, pwy daranodd i fuarth Nyth Brân â'r burum – a'i wynt! – yn ei ddwrn ond Guto.

Roedd wrth ei fodd yn rhedeg ar draws y mynyddoedd, a dim ots pa mor arw oedden nhw, roedd yn hollol sicr ei droed. Dro arall, gofynnodd ei fam iddo fynd ar neges i Aberdâr eto ac aeth hithau i'r Hafod Fach drws nesaf am sgwrs. Pan ddaeth yn ôl i'r tŷ roedd Guto'n eistedd ar y setl wrth ymyl y tân.

'Guto bach,' meddai'n reit flin, 'fe ofynnais i iti fynd i Aberdâr i mi – a dyma ti yn dal i eistedd wrth y tân. Dos yn dy flaen wir, yn lle diogi yn y fan yma.'

'Diogi wir! Rydw i wedi mynd a dod i Aberdâr tra'r oeddech chi'n hel clecs yn Hafod Fach. Edrychwch yn y pantri os nad ydych chi'n fy nghredu i.'

'Wel â'n cato ni! Mae'n ddrwg gen i Guto. Doeddwn i ddim yn sylweddoli mod i a Mari'r Hafod wedi bod cyhyd yn rhoi'r byd yn ei le.'

'Fuoch chi ddim Mam – fues i ddim awr i gyd.'

Dro arall roedd ei dad eisiau cael y defaid i lawr o'r mynydd er mwyn eu cneifio.

'Ei di am gopa Mynydd Gwyngul wedyn?' meddai wrtho. 'Mae rhai o fechgyn yr Hafod yn dod draw atom ni i helpu gyda'r cneifio felly gorau po gyntaf y cawn ni'r defaid i'r gorlan.'

'Wna i siŵr.'

'Dos â'r cŵn hefo ti, fe fyddi gymaint â hynny'n gynt' meddai ei dad.

'Choeliais i fawr! Mi fydda i'n gyflymach hebddyn nhw.'

'Paid â siarad dwli, fachgen. Pwy glywodd erioed am fugail heb gi defaid? Gorau po fwyaf o gŵn fydd gen ti heddiw, a ninnau heb eiliad i'w cholli!'

'Rydw i'n addo i chi y bydd y defaid yma erbyn canol y bore.'

Ac felly fu. Ganol y bore clywyd sŵn brefu mawr ar fuarth y tyddyn ac aeth pawb allan mewn pryd i weld Guto yn cau'r giât ar yr olaf o'r defaid a'r ŵyn.

'Fe gefaist ti drafferth i gael rhain i gyd i fwcl heb y cŵn rydw i'n siŵr,' meddai ei dad.

'Wel, do a naddo a dweud y gwir,' meddai Guto. 'Fe ddaethon i gyd yn eithaf di-lol ar wahân i'r un fach lwyd acw yn y gornel.'

'Welais i erioed ddafad lwyd! Ble mae hi?'

'Dacw hi yn swatio tu ôl i'r oen acw.'

'Sgwarnog yw nacw fachgen!'

'Sgwarnog ydi hi ie?' meddai Guto'n ddiniwed, gan roi winc ar ei fam a bechgyn yr Hafod.

'Sut ddaliaist ti hi, Guto?' oedd y cwestiwn ar wefusau pawb wedyn a chawsant yr ateb ganddo.

'Ei gweld hi'n codi o'r rhedyn ar fynydd Llwyncelyn wnes i ac fe lwyddais i'w dal hi cyn iddi gyrraedd tir yr Hafod. O hynny ymlaen, doedd ganddi ddim dewis ond aros gyda'r praidd!'

'Welais i erioed y ffasiwn beth,' meddai ei dad mewn syndod. 'Oes rhywun eisiau prynu dau gi defaid da? Fe gân nhw ymddeol ar ôl heddiw!'

* * *

Dechreuodd Guto redeg – ac ennill – mewn rasus o bob math ac mae'r stori am sut y dechreuodd o wneud hyn yn un ddiddorol. Roedd yn hoff iawn o fynd i hela llwynogod, ond fe allwch fentro nad oedd o'n marchogaeth ceffyl. Na, roedd yn well gan Guto redeg ar ei ddwy droed ei hun na mynd ar gefn unrhyw geffyl. Dywedai ei fod yn gyflymach ac yn fwy diogel ac roedd hynny'n wir oherwydd roedden nhw'n croesi pob math o dir wrth ddilyn llwynog. Yn ddigon naturiol, roedd Guto yn ei elfen ar dir fel hyn. Yn wir, dywedir ei fod yn gyflymach na'r cŵn a daliodd sawl llwynog drwy afael yn ei gynffon.

Un tro, roedd Guto wedi mynd i hela hefo cŵn Llanwynno ac ar ôl codi trywydd llwynog, wedi iddo'i ddilyn yr holl ffordd o sir Forgannwg i sir Aberteifi! Roedd yn andros o daith ac ar ddiwedd yr helfa, dim ond Guto, dau gi a'r llwynog oedd ar ôl. Roedd y lleill i gyd – yn gŵn a cheffylau – wedi hen ddiffygio.

Erbyn hynny, fodd bynnag, roedd hyd yn oed Guto wedi blino ac nid oedd ganddo ef na'r ddau gi nerth i ddal y llwynog. Fe gafodd y cadno lwcus hwnnw ei draed yn rhydd felly a chafodd Guto aros ym mhlasty dyn cyfoethog a welodd yr olygfa ryfeddol.

Y noson honno, ar ôl ymolchi a chael pryd da o fwyd adroddodd Guto ei hanes wrth y dyn dieithr a chlywodd Guto beth o'i hanes yntau.

'Mae perygl mawr na fydda i yn y tŷ yma'n hir eto, Guto,' meddai'n drist. 'Bu fy nheulu'n byw yma ers cannoedd o flynyddoedd ond mae arna i ofn y bydd rhaid i mi ei werthu.'

'Pam felly?'

'Roeddwn i wedi rhoi arian mawr ar ras rhwng un o'm ceffylau a cheffyl gŵr bonheddig arall. Wel, roeddwn i'n meddwl ei fod yn ŵr bonheddig, ond doedd e ddim mewn gwirionedd. Rywsut neu'i gilydd fe lwyddodd i roi dracht cysgu ym mwyd fy ngheffyl ac o ganlyniad roedd hwnnw'n cysgu uwchben ei draed yn ystod y ras. Fe gollais fy arian i gyd a does yna ddim fedra i ei wneud bellach ond gwerthu'r cyfan sydd gennyf er mwyn talu fy nyledion.'

'Arhoswch am funud,' meddai Guto, 'peidiwch â rhuthro a gwneud dim byd byrbwyll. Mae gen i syniad.'

'Beth? Rydw i'n fodlon gwneud unrhyw beth i achub y plas.'

'Heriwch y dyn arall i rasio ei geffyl yn fy erbyn i a rhowch ddwywaith cymaint o arian arnaf i i ennill.'

'Ond Guto bach, 'dyw'r arian ddim gyda fi. Beth petaet ti'n colli?'

'Wna i ddim a fydd dim angen i chi dalu dim – dim ond cael eich arian yn ôl wedi ei ddyblu gan y twyllwr.'

Trefnwyd y ras ar unwaith ac yn union fel yr oedd Guto wedi dweud, llwyddodd i guro'r ceffyl a chael arian mawr yn ôl i'r gŵr oedd wedi rhoi'r fath groeso iddo yn sir Aberteifi.

Ar ôl y ras hon, daeth llawer i wybod am Guto a chai wahoddiad – neu her – i fynd i rasio i rywle byth a beunydd. O ganlyniad, byddai'n ymarfer yn galed iawn gan redeg i fyny ac i lawr y bryniau o boptu Cwm Rhondda ond y peth rhyfeddaf a wnai oedd . . . cysgu mewn tomen dail cyn unrhyw ras fawr! Fyddwn i ddim yn eich cynghori chi i wneud hynny, ond yn ôl Guto, roedd y domen yn gynnes braf ac yn cadw ei gorff yn ystwyth a chryf.

Gwnaeth sawl un ffortiwn drwy roi arian arno mewn rasus ac un o'r rhain oedd Siân, ei gariad, a gadwai siop heb fod ymhell o Nyth Brân. Enillodd hi lawer o bres oherwydd ei ffydd yng ngallu Guto i redeg ac roedd ganddi feddwl y byd ohono, ac yntau ohoni hithau.

Cyn bo hir, roedd Guto yn cael cynnig arian mawr am rasio. Un tro, cynigiwyd pum cant o bunnau iddo – sef miloedd ar filoedd o bunnoedd heddiw – os medrai ennill ras bedair milltir yn erbyn swyddog o'r fyddin. Roedd y trefnwyr yn gwybod nad oedd blino ar Guto dros filltiroedd mawr, ond gobeithient y byddai'r milwr o Sais yn gyflymach dros bellter cymharol fyr. Cynhaliwyd y ras ger Hirwaun ac, wrth gwrs, enillodd Guto yn hawdd.

* * *

Un diwrnod, pan oedd Guto yn Siop Siân, daeth negesydd â llythyr pwysig yr olwg iddo. Â dweud y gwir, doedd pobl yr oes honno ddim yn cael llawer o lythyrau ar y gorau, felly rhaid ei fod yn bwysig.

'Sgwn i pwy sydd wedi sgrifennu ata i?' meddai Guto.

'Os agori di ef, fe gei weld' oedd ateb Siân. 'Rhaid fod rhywun pwysig wedi ei yrru oherwydd mae ganddo negesydd personol ac mae golwg ddrud ar yr amlen.'

Ychydig a feddyliai Guto wrth dorri'r sêl a darllen y llythyr mai hwn oedd llythyr pwysicaf ei fywyd. Roedd yn amlwg wedi ei blesio, oherwydd lledodd gwên fawr ar draws ei wyneb.

'Newyddion da?' gofynnodd Siân.

'Da iawn,' oedd yr ateb. 'Gwranda ar hyn:

"Annwyl Guto,
Rwyf wedi clywed eich bod yn rhedwr eithaf cyflym, ond credaf mai gen i y mae ceffyl cyflymaf gwledydd Prydain. I brofi hynny heriaf chi i redeg ras deuddeng milltir yn fy erbyn, mewn lle o'ch dewis chi. Os medrwch chi fy nghuro – peth a

27

amheuaf yn fawr – rwyf yn fodlon talu £1,000 i chi.

Os ydych yn derbyn fy her, byddaf yn ymweld â Chaerffili yr wythnos nesaf, a gallwn drefnu amser a lleoliad y ras yr adeg honno.

Yr eiddoch yn gywir,
John Prince." '

'Ac rwyt ti am dderbyn, wrth gwrs!'

'Wel, ydw siŵr. Os enilla i'r ras yma, fe fydd gen i ddigon o arian i brynu fy fferm fy hun – ac efallai y gofynnaf i ryw fenyw fach a hoffai hi fod yn wraig fferm,' meddai Guto, gan roi winc fawr ar Siân.

'Gawn ni weld, ynte,' meddai hithau. 'Fe fydd yn rhaid ennill yn gyntaf.'

Yr wythnos ganlynol, aeth Guto i Gaerffili a derbyn her Prince ac aeth llawer o gyfeillion gydag ef. Cytunwyd y byddai'r ras yn cael ei chynnal mewn mis ac y byddai'r cwrs deuddeng milltir yn cychwyn yng Nghasnewydd a gorffen wrth eglwys Bedwas ger Caerffili.

Bu sôn mawr am y ras yn yr ardal dros yr wythnosau nesaf. Deuai tyrfaoedd i weld Guto yn ymarfer at yr hyn welai llawer fel ras y ganrif rhwng pencampwr Cymru a cheffyl cyflymaf Lloegr. Fe allwch fentro pwy oedd pobl Cwm Rhondda yn meddwl fyddai'n ennill a rhoddodd llawer arian mawr ar Guto. Yn eu plith roedd Siân, ei gariad, a fentrodd lond ei ffedog o sofrenni aur. Yn ystod y mis hwnnw, cafodd y rhedwr sawl gwahoddiad i gysgu noson mewn tomen dail er mwyn ennill y ras – a ffortiwn – i'r bobl leol!

O'r diwedd, daeth y diwrnod mawr. Roedd strydoedd Casnewydd yn orlawn o bobl wedi dod i weld cychwyn

29

y ras a chyn bo hir gwelsant Guto yn dod at y llinell gychwyn a Prince ar ei geffyl gwyn hardd.

'Ydych chi'n barod?' bloeddiodd maer y dref. Nodiodd y ddau redwr.

CLEC! Roedd y maer wedi tanio gwn i gychwyn y ras a Guto a'r ceffyl ill dau yn carlamu fel milgwn i gyfeiriad Caerffili.

Er mawr syndod i'r miloedd yn y dyrfa, Prince oedd ar y blaen wrth i'r ddau adael Casnewydd. Nid oedd Guto fel petai'n ymdrechu'n galed iawn ac yn wir, roedd y Sais yn dechrau ei adael ar ôl.

Fel hyn y bu pethau am rai milltiroedd, Guto yn loncian yn hamddenol a Prince yn cynyddu'r pellter rhyngddynt. Erbyn hanner ffordd, roedd ei gefnogwyr yn poeni fod rhywbeth o'i le.

'Beth sydd, Guto? Oes gen ti bigyn yn dy ochr?'

'Gymri di ddiod o ddŵr?'

'Gymri di rywbeth cryfach?'

'Wyt ti'n iawn?'

Ar y gair, stopiodd Guto redeg ac aeth draw at ei gefnogwyr am sgwrs! Roedd pawb wedi syfrdanu.

'Does dim brys, gyfeillion. Fe'i daliaf a'i basio cyn bo hir. Oes gan rywun lymaid o ddŵr i mi os gwelwch yn dda?'

'Oes, dyma ti,' meddai llais o'r dyrfa. 'Ond yfa fe reit handi bendith tad i ti – rydw i wedi betio pob dimai o'm cyflog yr wythnos yma arnat ti.'

'Wel ie, efallai y byddai'n well i mi fynd,' meddai Guto yn bryfoclyd. 'Dydw i ddim am i chi a Siân golli eich arian – ac fe fyddwn innau reit hapus yn ennill mil o bunnau.'

Ar ôl tynnu coes ei gefnogwyr fel hyn, dechreuodd

Guto redeg o ddifri ac erbyn y filltir olaf roedd yn ennill tir ar Prince yn gyflym. Ond a fedrai ei ddal cyn y llinell derfyn ger eglwys Bedwas yn y pellter?

Medrai, meddai ei gefnogwyr. Na, byth meddai criw Prince – ond i wneud yn sicr, dechreuodd rai ohonynt dorri poteli a thaenu'r gwydr ar draws y ffordd o flaen Guto. Gobeithient y byddai'r darnau miniog o wydr yn torri drwy ei esgidiau rhedeg tenau ond yn lle hynny cyflymodd Guto gan neidio dros y rhwystr. Wrth ei weld yn neidio dros lathenni o dir fel hyn, roedd cefnogwyr Prince yn gynddeiriog ond doedd dim a fedrent ei wneud bellach.

Erbyn hyn, roedd Guto wrth sodlau ceffyl Prince ac erbyn cyrraedd yr allt serth sy'n arwain at eglwys Bedwas, roedd wrth ei ochr. Roedd y ceffyl yn tuthio'n galed gan geisio gadael Guto eto, ond doedd dim gobaith bellach. Dechreuodd Guto siarad â Prince:

'Sut ydych chi erbyn hyn, Mr Prince? Tydi hi'n ddiwrnod braf?'

'Y . . . ydi!' meddai hwnnw, yn ymladd am ei wynt wrth hysio'r ceffyl i fyny'r rhiw.

'Ydych chi'n mwynhau eich hun?' oedd y cwestiwn cellweirus nesaf.

'Y-y-ydw,' atebodd Prince, bron â diffygio.

'Da iawn, wir. Mae'n dda gen i glywed hynny. Fe fuaswn i wrth fy modd yn aros i siarad mwy hefo chi ond mae gen i ras i'w hennill. Hwyl i chi'n awr!'

Ac i ffwrdd â Guto fel milgi, gan redeg drwy'r tâp a roddwyd ar draws porth y fynwent i ddangos diwedd y ras, bum deg tri o funudau ar ôl gadael Casnewydd. Roedd wedi rhedeg y deuddeng milltir mewn awr ond saith munud – ac, wrth gwrs, wedi curo ceffyl cyflymaf

Lloegr yr un pryd.

Aeth y dyrfa'n wallgof o weld fod eu harwr wedi ennill unwaith eto.

'Hwrê! Hwrê!'

'Go dda ti, 'rhen Guto!'

'Bendith arnat ti, Guto – rwyt ti wedi ennill ffortiwn i mi heddiw!'

Yna, gwelodd Siân yn dod i'w gyfarfod â'i breichiau'n agored.

'Llongyfarchiadau mawr Guto!' meddai, gan gau ei breichiau amdano a rhoi slap gref ar ei gefn.

Syrthiodd Guto'n farw yn y fan a'r lle. Roedd wedi rhedeg yn galed dros y milltiroedd olaf ac roedd slap cyfeillgar Siân ar ei gefn yn ormod i'w galon a stopiodd guro.

* * *

Cafodd Siân lond dau ffedog o sofrenni yn ôl y diwrnod hwnnw oherwydd i Guto ennill y ras, ond doedden

nhw'n golygu dim iddi. Byddai'n well o lawer ganddi gael ei chariad yn ôl yn fyw ac iach.

Rhoddodd beth o'r arian i dalu am garreg fedd i Guto ac arni rhoddwyd ei enw a'i oed a hefyd lun calon – i ddangos sut y bu Guto farw ac yn arwydd o'i gariad ef a Siân.

Pe byddai Guto'n fyw heddiw, byddai'n ennill medalau aur di-ri yn y Gemau Olympaidd ac ati – ond mae ei enw a'r cof amdano yn dal yn fyw. Fel y soniais ar y dechrau, codwyd cerflun ohono yn Aberpennar a bob Nos Galan, cynhelir ras fawr yno er cof am y rhedwr cyflymaf a welodd Cymru erioed.

RHYS & MEINIR

Mae'n siŵr eich bod wedi clywed am Nant Gwrtheyrn. Yno mae'r Ganolfan Iaith Genedlaethol lle mae pobl o bob rhan o Gymru – a'r byd – yn mynd i ddysgu Cymraeg. Hen bentref wedi mynd â'i ben iddo oedd yn y Nant cyn iddo gael ei drwsio a'i droi'n Ganolfan i ddysgu Cymraeg.

Erbyn hyn, mae yna ffordd yn arwain i lawr i'r Nant ond tan yn gymharol ddiweddar, doedd yna ddim ond llwybr garw yn arwain i lawr i'r cwm serth yma uwchben y môr. Roedd hi'n hawdd iawn credu nad oedd llawer wedi newid yn hanes y Nant dros y canrifoedd.

Ac mae gan Nant Gwrtheyrn ganrifoedd lawer o hanes. Fel y clywon ni yn stori Dreigiau Myrddin Emrys, yma i gysgod Yr Eifl y daeth Gwrtheyrn i fyw er mwyn bod yn ddiogel rhag ei elynion. Yma, hefyd, y bu farw pan drawyd ei balas gan fellten gan losgi'r lle yn ulw. Roedd Nant Gwrtheyrn yn lle drwg am stormydd o fellt a tharanau ers talwm.

Yn ddiweddarach, daeth pobl i fyw i Nant Gwrtheyrn. Ffermio oedd eu gwaith ar y dechrau, cyn agor chwareli'r Eifl. Mae stori ddifyr am ddau o bobl ifanc y Nant yr adeg yma. Rhys a Meinir oedd eu henwau. Hoffech chi glywed y stori?

* * *

Lle braf iawn i fyw ynddo oedd y Nant ers talwm Hyd yn oed os oedd y gamffordd i lawr yno'n serth a garw a'r Graig Ddu yn guchiog a bygythiol, roedd y cwm bach yn lle hyfryd. Gan ei fod wedi ei gysgodi gan fynyddoedd ar dair ochr, roedd yn ddiogel rhag pob gwynt croes ond rheini a ddeuai o'r môr. O ganlyniad, wrth edrych i lawr i'r Nant ers talwm gwelai'r teithiwr glytwaith o gaeau bach twt yn llawn cnydau o bob math yn amgylchynu'r ffermdai gwyngalchog. Ar y llethrau uwchben, roedd y defaid, fel tameidiau o wadin gwyn yma ac acw. Islaw a thu draw i'r cyfan, roedd y môr a dyna sut y deuai unrhyw beth mawr a thrwm i'r Nant. Fel y gallwch fentro, roedd y diwrnod pan gyrhaeddai llong o gyfeiriad Lerpwl neu Ddulyn i ddadlwytho ar y traeth yn un i'w gofio. Byddai ysgol fach y Nant yn wag y diwrnod hwnnw a phawb wrthi fel lladd nadroedd.

Yn un o ffermydd bach twt y Nant, roedd Meinir yn byw a Rhys mewn fferm gyfagos. Er pan oeddent yn ddim o bethau bu'r ddau yn gariadon – a dim rhyfedd. Roedd Meinir yn dlws iawn, gyda gwallt melyn a ddisgleiriai yn yr haul. Roedd gwên ar ei hwyneb bob amser ac roedd yn dipyn o ffefryn gan bawb. Gwallt du fel y frân oedd gan Rhys fodd bynnag a hwnnw'n fop cyrliog am ei ben. Roedd gwên ddireidus ar ei wyneb yntau bob amser ac er ei fod yn dynnwr coes heb ei ail, roedd pawb yn ei hoffi yntau.

Daeth Rhys a Meinir yn gariadon yn ifanc iawn ac fel hyn y bu hi. Roedd criw o blant y Nant wedi mynd i chwarae at lan yr afon fach sy'n llifo i'r môr drwy'r cwm un prynhawn braf. Tra'r oedd y genethod yn mynd ati i chwarae tŷ bach, awgrymodd Siôn Tŷ Pella fod y bechgyn yn codi argae ar draws yr afon er mwyn ei sychu a dal y pysgod oedd ynddi.

'Syniad gwych!' meddai Rhys, 'ac fe gawn ni bwll da i ymdrochi ynddo wedyn hefyd.'

Roedd yr haul yn tesio y prynhawn hwnnw a phawb wrthi'n ddiwyd yn symud pridd a cherrig am y gorau – y genethod i orffen eu tŷ a'r bechgyn i atal lli'r afon. Am awr a mwy, ni bu fawr o sgwrsio rhwng y ddau griw, peth prin iawn yn y Nant yr adeg honno. Yr unig sŵn oedd suo'r gwenyn, clecian rhedyn yn y gwres – ac ambell ebwch wrth i un o'r bechgyn godi carreg oedd yn rhy drwm iddo. Diflannodd murmur yr afon wrth i'r wal godi, a'r hogiau'n cau pob twll gyda phridd a cherrig mân.

'Reit hogiau, dyna'r argae'n barod' meddai Rhys.

'Ie,' meddai Siôn, 'mi awn ni ar hyd yr afon rŵan i weld faint o bysgod gafodd eu gadael ar ôl.'

Ac i ffwrdd â nhw yn dyrfa hapus, tua chwech ohonynt yn clustfeinio am swalpio brithyll mawr wedi ei adael mewn modfedd neu ddwy o ddŵr ar ôl sychu'r afon. Chymerodd y genethod, wrth gwrs, ddim sylw ohonyn nhw. Roedd ganddyn nhw bethau gwell o lawer i'w gwneud, megis troi cregyn o lan y môr yn llestri te.

Ymhen tua awr, dychwelodd y bechgyn â llond eu hafflau o bysgod braf.

'Yli, Meinir' meddai Rhys, 'mae hwn tua phwys, dwi'n siŵr. Fe wnaiff o swper blasus i 'nhad heno.'

'Ych a fi, Rhys, dos â fo o 'ngolwg i wir!'

'Mi wyt ti'n bwyta pysgod, mae'n siŵr.'

'Ydw, ond mae hynny'n wahanol. Yr adeg hynny mae mam wedi eu llnau a'u ffrïo nhw.'

'Hy! Merched!' meddai Rhys, gan droi at weddill y bechgyn.

Rhoddodd pawb ei bysgodyn mewn dŵr i'w gadw rhag sychu ac yna aeth y bechgyn i newid er mwyn cael ymdrochi yn y pwll dwfn oedd bellach wedi cronni y tu uchaf i'r argae. Ddaeth yr un o'r genethod ar eu cyfyl gan eu bod yn rhy brysur yn chwarae tŷ bach.

Tua diwedd y pnawn, pan oedd pawb yn hel i fynd am adref, clywodd Meinir lais ei mam yn galw arni.

'Meinir! Tyrd i gael dy de! Meinir!'

'Iawn Mam, rydw i'n dod rŵan!' atebodd.

Heb feddwl dim, rhedodd Meinir at yr argae, gan fwriadu byrhau ei thaith adref drwy groesi'r afon yno yn hytrach na cherdded chwarter milltir i fyny at y bompren.

'Gwylia rhag ofn nad ydi'r . . . ' Ond cyn i Rhys orffen rhybuddio Meinir, gwelodd garreg yn rhoi o dan ei throed a chyda bloedd syrthiodd yr eneth i'r pwll.

Syllodd pawb yn syn nes gwaeddodd Gwyneth Ty'n Llwyn: 'Fedr hi ddim nofio!'

Heb feddwl dwywaith, plymiodd Rhys i'r pwll a llusgo Meinir o'i waelod at y lan. Roedd yn llwyd fel lludw ac wedi cael braw mawr. Er hyn, llwyddodd i wenu'n swil ar Rhys a dweud yn wan:

'Diolch iti.'

'Croeso, doedd o'n ddim byd,' meddai yntau, gan deimlo ei fochau yn cochi.

Ac o'r dydd hwnnw ymlaen, roedd Rhys a Meinir yn gariadon. Roedd hi'n unig blentyn, a phan fu farw ei mam, hi oedd cannwyll llygad ei thad gweddw. Ond byth er y diwrnod yr achubodd Rhys ei bywyd, roedd yn meddwl y byd ohono yntau hefyd ac yn ei drin fel mab. Yn yr un modd, roedd teulu Rhys yn meddwl y byd o Meinir.

* * *

Ac felly y bu pethau. Bu'r ddau yn caru'n selog drwy ddyddiau'r ysgol a gwelid y llythrennau 'Rh' a 'M' wedi eu cerfio y tu mewn i galon ar risgl sawl coeden yn y Nant. Dywedai pawb y byddai Rhys a Meinir yn priodi rhyw ddiwrnod ac o'r diwedd daeth y diwrnod pan gyhoeddodd y ddau eu bod am wneud hynny. Roedd y ddau deulu uwchben eu digon.

'Pwy ydi'r hynaf yn y Nant?' gofynnodd tad Meinir.

'William Cae'r Nant,' meddai Rhys. 'Pam ydych chi'n gofyn hynny?'

'Dwyt ti ddim yn cofio beth sy'n digwydd yma pan fo dau fel chi'n dyweddïo Rhys? Wyt ti'n cofio am y neidio?'

'O, ydw wrth gwrs.'

Y diwrnod wedyn, daeth Wiliam Cae'r Nant a oedd yn gant oed, draw at gartref Meinir, gyda'r rhan fwyaf o drigolion y cwm yn ei ddilyn. Yno, yn disgwyl amdano roedd y ddau gariad yn wên o glust i glust. Yn ei law,

roedd gan Wiliam ysgub wedi ei gwneud o frigau'r dderwen hynaf yn y Nant ac yn ôl traddodiad roedd yn rhaid i'r ddau neidio dros yr ysgub hon. Ar ôl gwneud, gwyddai pawb eu bod am briodi yn fuan.

'Pryd fydd y briodas, Meinir?' gofynnodd Siôn Tŷ Pella.

'Tri mis i'r Sadwrn nesaf, ar Ŵyl Ifan, ynte Rhys?'

'Ie – ac rydw i eisiau i ti fod yn was priodas i mi, Siôn. Wnei di?'

'Wrth gwrs – mi fydd hi'n bleser.'

'Ac rydw i am i ti fod yn forwyn, Gwyneth,' gofynnodd Meinir i Gwyneth Ty'n Llwyn. 'Wnei di?'

'Gwnaf, siŵr iawn.'

Aeth pawb adref yn hapus y prynhawn hwnnw gan wybod y caent ddiwrnod i'r brenin ymhen tri mis, oherwydd roedd priodas yn Nant Gwrtheyrn yn hwyl fawr . . .

* * *

Dair wythnos cyn priodas Rhys a Meinir, gwelwyd dyn rhyfedd yn cerdded i lawr y gamffordd i'r Nant.

'Mae Robat y gwahoddwr ar ei ffordd!'

'Ydi, fe'i gwelais i o'n dod i lawr heibio'r Graig Ddu gynnau.'

'Sut gwyddost ti mai fo ydi o?'

'Pwy arall fuasai'n gwisgo het silc hefo rubanau a blodau o'i chwmpas hi'r lob?'

'Ia – fo ydi o'n sicr. Fe welais i ei farclod gwyn, ac mae ganddo fo ffon hir yn ei law hefo rubanau a blodau wedi eu clymu am honno hefyd.'

Roedden nhw'n iawn, wrth gwrs. Ifan y Ciliau oedd o.

Ef oedd y gwahoddwr a'i waith ef oedd mynd o gwmpas y cwm yn gwahodd pawb i'r briodas. Roedd hyn cyn dyddiau'r post, felly fedrai pobl ddim gyrru cardiau gwahoddiad at ei gilydd. Yr hyn wnaen nhw oedd talu i bobl fel Ifan fynd o dŷ i dŷ yn sôn wrth hwn a'r llall – gan ofalu atgoffa pawb i ddod ag anrheg i'r pâr ifanc!

Doedd Ifan y Ciliau byth yn curo drws neb. Y cwbl wnâi o oedd codi'r glicied a cherdded yn syth i mewn. Dyna'n union wnaeth o yn Nhy'n Llwyn, cartref Gwyneth. Curodd y llawr dair gwaith hefo'i ffon ac yna dechrau ar yr araith oedd ganddo ar gyfer bob tŷ.

'Ffrindiau, rydw i wedi dod yma i'ch gwahodd chi i briodas Rhys a Meinir yn hen eglwys Clynnog Fawr dair wythnos i ddydd Sadwrn, sef Gŵyl Ifan. Ar ôl hynny fe fyddan nhw'n dychwelyd i gartref Meinir i gael clamp o ginio mawr ac mae croeso cynnes i chi ddod draw – ond cofiwch ddod ag anrheg i'r ddau. Fe wnaiff rhywbeth y tro – cyllyll a ffyrc, llond trol o datws, llestri, sosbenni – unrhyw beth! Diolch am eich sylw a dydd da i chi!'

Felly yr oedd hi ym mhob tŷ nes bod Ifan wedi curo llawr pob cegin yn y Nant ac yntau wedi gorffen ei waith. Gyda llaw, fe aeth o i fyny'r llwybr serth yn ôl am y Ciliau dipyn mwy ansad y noson honno ar ôl cael sawl gwydraid o gwrw cartref yn y cwm . . .

Buan iawn yr aeth y tair wythnos heibio a daeth y nos Wener cyn y briodas. Roedd yn draddodiad i alw yng nghartre'r briodferch efo'r anrheg ar y noson cyn y briodas yr adeg honno, yn enwedig os oedd o'n un mawr. Wedi'r cwbl, doedd neb eisiau llusgo llond trol o rwdins i'w canlyn i briodas!

Gosodid popeth, lle medrid, yn y stafell orau. Yr enw

ar hyn, am resymau fydd yn amlwg i bawb, oedd 'Stafell' a chafodd Rhys a Meinir bob math o anrhegion y noson honno. Yn ogystal â bwyd o bob math – yn gaws ac ŷd, tatws a menyn – cawsant lestri, brethyn, dodrefn, lampau a hyd yn oed moch, ieir, gwyddau a lloi . . . popeth, yn wir, yr oeddent ei angen i fyw yn eu tyddyn eu hunain.

'Wel Rhys, beth wyt ti'n feddwl?' meddai Siôn wrtho.

'Campus! Wnes i erioed feddwl y byddai pobl mor garedig.'

'Na finnau chwaith,' meddai Meinir.

'Ydych chi wedi gweld faint o'r gloch ydi hi?' meddai Siôn yn sydyn. 'Mae hi'n hanner awr wedi deg. Go brin y daw neb arall heibio eto heno ac mae gennym ddiwrnod hir o'n blaenau fory.' meddai, gan roi winc fawr ar Rhys.

'Oes wir, y taclau!' meddai Gwyneth yn gellweirus. 'Fe wna i'n saff na fydd cael Meinir i'r eglwys yn waith hawdd i chi. Mi fydd yna sawl cwinten yn eich aros yn y bore.'

Rhwystr ar draws y ffordd oedd cwinten ac o glywed hyn, ffarweliodd pawb gan gymryd arnynt beidio gweld Rhys yn rhoi cusan nos da i Meinir.

Yr adeg honno, roedd yn draddodiad i deulu a ffrindiau'r ferch oedd yn priodi gymryd arnynt nad oedd eisiau priodi gan greu pob math o rwystrau rhag iddi gyrraedd yr eglwys. Tynnu coes oedd y cwbl, wrth gwrs, a'r syniad oedd cael cymaint o hwyl â phosib – ac fe fwriadai Gwyneth a'i chriw gael sbort credwch chi fi.

* * *

Daeth Gŵyl Ifan a bore'r briodas. Roedd yn fore bendigedig o haf yn Nant Gwrtheyrn, yr awyr yn ddigwmwl a'r môr yn ymestyn fel sidan glas draw at y gorwel. Nid bod gan Rhys, Siôn a'r criw oedd wedi aros yn ei gartref y noson honno amser i edrych ar yr olygfa. Roedden nhw wedi codi cyn cŵn Caer er mwyn rhuthro i chwilio am Meinir – ond roedd Gwyneth wedi cael y blaen arnyn nhw . . .

'Fedra i ddim agor y drws, Rhys,' meddai Siôn.

'Peth od,' meddai yntau, 'fydd Mam a Nhad byth yn ei gloi. Efallai ei fod o wedi chwyddo ar ôl y glaw yr wythnos ddiwethaf. Rho blwc iawn iddo fo.'

'Ia, mae'n berig bod rhaid i ti fwyta mwy o uwd os wyt ti am fynd allan heddiw Siôn' meddai Pyrs, un arall o'r criw.

Tynnodd Siôn â'i holl nerth . . . ac yna sylwodd Rhys fod rhywun wedi clymu clicied y drws yn dynn. Roedd yn rhaid i'r criw ddringo allan drwy ffenest oherwydd cawsai drws y cefn yr un driniaeth hefyd. Wrth gwrs, doedd hyn ond cychwyn eu trafferthion . . .

Ar eu ffordd i gartref Meinir, roedd sawl cwinten ar y ffordd y bore hwnnw – yn goed wedi cwympo, yn giatiau wedi cloi ac wrth geg y lôn fach a arweiniai at y tŷ roedd y rhwystr mwyaf: holl droliau'r cwm wedi eu gadael yn un dagfa fawr! Roedd mwd ar sawl siwt erbyn i'r criw symud rheiny a marchogaeth at y tŷ. Ond hyd yn oed wedyn, chaen nhw ddim mynd drwy'r drws heb gystadleuaeth farddoni rhwng y gwas a'r forwyn briodas.

Ar y gair, dyma lais Gwyneth o'r tŷ:

'Bore da, gwmpeini dethol –
Beth yw'ch neges mor blygeiniol?
Os brecwast geisiwch yn y cwm
Bu'r haf yn wael: mae'r pantri'n llwm.'

Roedd yn rhaid i Siôn ateb ar unwaith – a gwnaeth hynny:

'Rydym ni yn dod ar neges
Ar ran llanc â chalon gynnes:
Nôl y Feinir – hyn a fynnwn –
I briodi Rhys y bore hwn.'

Aeth hyn ymlaen am amser nes i Gwyneth fethu llunio pennill yn ddigon sydyn a chafodd Rhys a'r criw fynd i'r tŷ. Yno, roedd golygfa ryfedd yn eu disgwyl: roedd y tŷ yn llawn pobl ddieithr! Neu felly yr ymddangosai ar yr olwg gyntaf, gan fod Meinir a phawb wedi eu dilladu mewn gwisgoedd ffansi.

'Siôn, gan mai chdi ydi'r gwas priodas,' meddai hen ŵr o'r gornel mewn llais cryg, 'dy dasg di ydi ceisio adnabod Meinir. Mae gen ti ddau funud a dydi o ddim yn waith hawdd!' Dechreuodd chwerthin, a dyna pryd y sylweddolodd Siôn mai Gwyneth oedd hi – a gwaith mor anodd oedd o'i flaen.

Bu'n syllu ar y criw am sbel ond heb allu adnabod neb gan fod rhywun wedi paentio eu hwynebau'n gelfydd iawn.

'Tyrd, rwyt ti wedi cael munud yn barod,' meddai Gwyneth. 'Os na fedri di adnabod Meinir yn y munud nesaf, mi fydd yn rhaid i ti roi cusan fawr i mi!'

'O'r andros! Ble'r wyt ti Meinir fach?' meddai Siôn,

gan smalio dychryn.

Chwarddodd y criw yn braf, yn enwedig Rhys a oedd wedi adnabod Meinir er pan gamodd dros y rhiniog i'r tŷ. Er ei bod wedi ei gwisgo fel hen wraig a rhywun wedi gwneud iddi edrych yn hen fel pechod, roedd wedi adnabod ei llygaid gleision, llawn direidi. Wrth gwrs, ddywedodd o'r un gair rhag difetha'r hwyl o weld Siôn yn rhoi clamp o gusan i Gwyneth nes bod bochau honno'n mynd yn goch fel tân.

'Reit, allan a chi rŵan y cnafon,' meddai Gwyneth. 'Rydan ni eisiau newid. Arhoswch amdanom ni ar y buarth.'

Bu Rhys a'r criw yn eistedd ar eu ceffylau yn y buarth am bum munud da. Ar ôl deng munud, roeddent yn dechrau anesmwytho. Ar ôl chwarter awr, roeddent yn amau fod rhyw ddrwg yn y caws. Roeddent yn hollol gywir, wrth gwrs, oherwydd yr eiliad nesaf, clywsant chwerthin Gwyneth o gefn y tŷ a sŵn carnau ceffylau yn carlamu i ffwrdd.

'Dewch hogiau! Maen nhw'n trio dianc ar draws y caeau!' bloeddiodd Siôn.

'Ie wir, dewch yn eich blaenau, neu chyrhaeddwn ni mo'r eglwys heddiw,' meddai Rhys, gan sylweddoli fod Meinir a'i chriw wedi rhoi dau dro am un iddyn nhw eto.

'Dacw nhw'n mynd i gyfeiriad y Graig Ddu' meddai rhywun arall. 'Fyddwn ni ddim yn hir yn eu dal nhw!'

I ffwrdd â nhw ar garlam ar ôl Meinir a phan welsant eu bod yn mynd am Goed y Nant, gwyddent fod gobaith dal y merched. A dyna wnaethon nhw.

'Reit Gwyneth, dyna ni wedi eich dal chi,' meddai Rhys. 'Ond ble mae Meinir?'

'Fe ddywedais i wrthi am guddio yn y coed am ychydig ac wedyn mynd am yr eglwys hefo chi cyn iddi fynd yn rhy hwyr.'

Er ei fod eisiau brysio am Glynnog, ceisiodd Rhys fagu amynedd a bu'n sbecian yma ac acw yn y coed i weld a welai unrhyw olwg o Meinir. Ond welodd o ddim lliw na llun ohoni.

Y tro hwn, aeth y munudau'n awr a phawb erbyn hynny yn dechrau poeni fod rhywbeth o'i le a bod y chwarae wedi troi'n chwerw. Dechreuodd y ddau griw gribinio'r coed ac ardal y Graig Ddu am Meinir.

'Meinir! Meinir! Wyt ti'n fy nghlywed i?' bloeddiodd Rhys, ond ddaeth yr un ateb.

'Efallai iddi gael y blaen arnom ni i gyd a mynd am y gamffordd,' meddai Siôn.

'Go brin,' meddai Gwyneth. 'Am y coed yr aeth hi.'

'Meinir! Meinir! Wyt ti'n fy nghlywed i?' gwaeddodd Rhys eto, ond fel pob tro arall, ddaeth yr un ateb.

Buont yn chwilio'n ofer drwy'r prynhawn ac erbyn min nos, gwyddai pawb yn y Nant fod Meinir ar goll ac roeddent i gyd yn chwilio amdani. Hyd yn oed ar ôl iddi nosi, aeth y chwilio ymlaen a gwelid lanterni lu yn symud i gyfeiriad y traeth, llethrau'r Eifl a hyd yn oed yn nannedd y Graig Ddu. Clywid rhywun yn galw ei henw bob hyn a hyn ond yr un a alwai ei henw amlaf oedd Rhys:

'Meinir! Meinir! Ble'r wyt ti? Rydw i'n siŵr ei bod hi yma yn y coed yn rhywle Siôn,' meddai.

'Ond Rhys bach,' meddai hwnnw, 'rydan ni wedi chwilio pob modfedd hefo crib mân. Dydi hi ddim yma. Tyrd adref i gael rhywfaint o gwsg er mwyn i ni gael dechrau chwilio bore fory.'

'Na, mae Meinir yma'n rhywle – mi wn i hynny.'

Ac felly aeth y chwilio ymlaen drwy'r nos, ond doedd dim golwg ohoni. Roedd fel petai wedi diflannu oddi ar wyneb y ddaear . . .

* * *

Bu chwilio mawr am ddau ddiwrnod arall ond heb ganfod dim. Erbyn hynny roedd Rhys wedi syrthio i lewyg oherwydd blinder, a phenderfynodd Gwyneth fynd i weld hen wrach oedd yn byw ar lethrau'r Eifl. Er bod ofn mawr arni, mentrodd at ddrws y tŷ cerrig bychan a lechai yn y grug.

'Edna Lwyd – ydych chi yna?'

'Ydw Gwyneth.'

'S . . . s . . . sut wyddoch chi beth ydi fy enw i?'

'Mae Edna Lwyd yn gwybod llawer.'

'Wyddoch chi ble mae Meinir?'

'Gwn.'

'Fydd rhywun yn cael hyd iddi?'

'Bydd.'

'Fydd Rhys yn cael hyd iddi?'

'Bydd.'

'Pryd fydd hynny?'

'Fe ddaw golau o'r awyr a'i dangos iddo.'

'Ymhen faint y daw hi'n ôl?'

'Dydi hi ddim wedi gadael . . . ond dyna ddigon o dy holi di. Dos rŵan – mae gen i swynion i'w paratoi. A gyda llaw, waeth i chi heb â chwilio mwy amdani: fe ddengys y golau ble mae hi.'

Gyda neges mor od, ddywedodd Gwyneth ddim gair wrth neb, dim ond disgwyl y golau rhyfedd oedd i ddangos Meinir. Ar ôl dyddiau lawer o chwilio ofer, rhoddwyd y gorau i'r gwaith ac aeth pobl y Nant yn ôl i'w tai ac at eu gwaith. Roedd pawb yn drist iawn, yn gwybod bellach bod rhywbeth mawr wedi digwydd i Meinir druan.

Fodd bynnag, roedd un yn dal i chwilio'n ddygn amdani, a Rhys oedd hwnnw. Roedd bron â gwallgofi wrth chwilio amdani ddydd a nos, gan alw ei henw yn ddi-baid. Ond eto, doedd dim golwg ohoni.

Aeth y misoedd heibio ac un noson roedd allan ar dywydd gwyllt, stormus a tharanau yn rhuo yng nghreigiau'r Eifl. Roedd pawb arall yn y Nant yn y tŷ yn swatio, oherwydd gwyddent ei fod yn le drwg am fellt, ond roedd Rhys druan yn dal allan yn chwilio am Meinir.

Daeth y storm yn nes a fflachiadau'r mellt yn goleuo'r Nant fel petai'n olau dydd. Roedd rhu'r taranau yn boddi llais Rhys wrth iddo alw ar ei gariad fel y gwnâi bob nos.

Erbyn hyn, roedd Rhys druan wedi cyrraedd Coed y Nant ac yn sydyn dallwyd ef gan fellten a drawodd goeden dderw oedd o'i flaen. Hon oedd y fwyaf a'r hynaf yn y Nant i gyd a dyna pam y tynnodd y fellten. O hon y torrodd Wiliam Cae'r Nant, yr hen ŵr cant oed frigau i wneud ysgub i Rhys a Meinir neidio drosti a chyn hyn roedd Rhys wedi cerfio ei enw ef a Meinir mewn calon yn y rhisgl.

Bellach roedd y dderwen wedi hollti'n ddau ac yng ngolau'r fellten nesaf sylweddolodd Rhys ei bod yn wag – mai ceubren ydoedd – a'i fod yn syllu ar sgerbwd Meinir druan yn ei gwisg briodas. Roedd wedi rhedeg at y goeden i guddio, mynd i mewn i'r ceubren a methu dod oddi yno. Wyddai Rhys mo hynny wrth gwrs, ond roedd geiriau Edna Lwyd, gwrach yr Eifl wedi cael eu gwireddu . . . Wyddai o ddim, oherwydd roedd o wedi marw o ddychryn ar ôl darganfod ei gariad ar ôl yr holl fisoedd o chwilio.

* * *

Mae hon yn stori drist braidd ond dydi Nant Gwrtheyrn ddim yn lle trist heddiw. Ar un adeg, roedd tai'r Nant yn furddunod ond erbyn hyn mae'r lle yn llawn bwrlwm pobl yn dysgu Cymraeg ac yn lle gwerth chweil i fynd am dro. Os ewch chi yno, fe welwch chi fod yno dŷ bwyta o'r enw Caffi Meinir – sy'n dangos fod y stori hon yn hollol wir, wrth gwrs.

MARGED  FERCH IFAN

Pwy ydi'r person cryfaf yng Nghymru, ddywedech chi?
Mae'n debyg mai Orig Williams, neu El Bandito yr
ymaflwr codwm dewr ydi o. Mae Orig yn gryf fel ceffyl
– neu ddau geffyl hyd yn oed – ac wedi crwydro'r byd
yn reslo yn erbyn dynion cryfaf pob gwlad. Lle bynnag
roedd o'n mynd, gofalai wisgo siaced hefo Ddraig Goch
fawr arni i ddangos i bawb mai Cymro ydi o.

Does yr un dyn cyn gryfed ag El Bandito yng
Nghymru, heb sôn am ddynes. Eto, ers talwm roedd
pethau'n wahanol a merch oedd person cryfaf Cymru. Ei
henw hi oedd Marged Ferch Ifan a rhaid ei bod hi'n gryf
iawn, oherwydd ddwy ganrif a hanner yn ôl, pan oedd
hi'n byw, roedd llawer o bobl gryf i'w cael.

Mae llawer o hanesion am Marged yn dal ar gof a
chadw a dyma rai ohonyn nhw . . .

* * *

Prynhawn braf tua diwedd Medi oedd hi ac roedd dyn
dieithr yn cerdded i lawr am Ddrws-y-coed o gyfeiriad
Rhyd-ddu. Ychydig y tu allan i'r pentref, gwelodd ddyn
yn dod allan o fwthyn bach twt ar ochr y ffordd ac
arhosodd i dynnu sgwrs ag ef.

'Prynhawn da – tydi hi'n braf?'

'Ydi wir, syr. Mae'n gwneud tywydd bendigedig – nid
fy mod i yn gweld llawer ohono fo.'

'Pam felly?'

'Mwynwr ydw i, yn tyllu am gopor yng ngwaith
Simdde'r Dylluan draw yn y fan acw. Dydan ni ddim yn
gweld llawer o haul dan y ddaear, credwch chi fi!'

'Nac ydych mae'n siŵr.'

'Ond dywedwch i mi, beth sy'n dod â dyn dieithr fel
chi y ffordd yma?'

'Wel, newydd fod i ben yr Wyddfa ydw i ac fe welais
i'r dyffryn yma o'r copa. Roedd Gruffydd Roberts oedd
yn fy nhywys yn sôn am yr hanes sydd yma am Llew
Llaw Gyffes, a bod yn rhaid dod i'w weld. Ond â dweud
y gwir wrthych chi . . . mae'n ddrwg gen i, wn i mo'ch
enw chi. . . '

'Tomos Ifan ydw i, syr.'

'A Thomas ydw innau hefyd – Thomas Pennant! A
dweud y gwir, rydw i wedi blino braidd ar ôl yr holl
gerdded. Wedi'r cwbl:

Hawdd yw dwedyd, 'Dacw'r Wyddfa,' –
    Nid eir drosti ond yn ara';

Wyddost ti am le i mi aros heno Tomos?'

51

'Gwn yn iawn. Glywch chi sŵn telyn?'

'Clywaf. O ble mae'n dod?'

'O dafarn Y *Telyrnia* – a dyna'r union le i rywun fel chi sy'n hoff o hen draddodiadau ac ati. Marged Ferch Ifan sy'n ei chadw a hi sy'n chwarae'r delyn rŵan. Ar fy ffordd yno i wlychu fy mhig ydw i; fe ddangosaf i'r ffordd i chi os hoffech chi.'

'Diolch o galon,' meddai Thomas Pennant. 'Sut un ydi'r Marged Ferch Ifan yma?'

'Mae'n ddynes ryfeddol Mr Pennant. Nid yn unig mae hi'n medru chwarae telyn a chanu, ond hi hefyd gyfansoddodd yr alaw – a gwneud y delyn! Os cofia i'n iawn, "Merch Megan" mae hi'n galw honna mae'n ganu rŵan ac mae hi'n boblogaidd iawn y ffordd yma.'

'Brensiach y bratiau, mae'r Marged yma'n ferch alluog. Rydw i'n falch i mi ddod i Ddrws-y-coed yn barod!'

'Duwcs annwyl, dydi hynna'n ddim i beth fedr hi wneud. Mae hi'n gallu barddoni hefyd – a gwneud gwaith crydd a theiliwr.'

'Bobol annwyl . . . '

'Ond hela ydi pethau Marged. Chlywch chi mohonyn nhw'n udo a chyfarth rŵan am bod eu meistres yn canu, ond mae ganddi hi ugeiniau o gŵn hela – yn filgwn, daeargwn a bytheiaid. Maen nhw'n dweud i mi ei bod hi'n dal mwy o lwynogod na phob heliwr arall yn y sir hefo'i gilydd.'

'Wel, tyrd i mi gael cyfarfod y ddynes ryfeddol yma,' meddai Thomas Pennant wrth weld arwydd tafarn Y *Telyrnia* ar ochr y ffordd a chlywed sŵn ffidil, canu a chwerthin hapus wrth nesáu.

Wyddai'r teithiwr ddim sut ddynes oedd Marged

Ferch Ifan o ran pryd a gwedd, a bu bron iddo gael ffit pan welodd hi. Roedd ymhell dros chwe throedfedd o daldra, ei gwallt yn ddu fel y frân a'i dwylo fel rhawiau. Cyflwynodd Tomos y dafarn-wraig a'r teithiwr i'w gilydd ac ysgydwodd hithau law ag ef yn gyfeillgar cyn mynd i mewn i'r dafarn i dywallt peint o gwrw i un o'i chwsmeriaid sychedig.

'Bobol bach, mae hi'n fawr tydi – ac yn gryf!' meddai Thomas Pennant, oedd â'i wedd yn llwyd. 'Fe fu ond y dim iddi wasgu fy mysedd i'n siwrwd. Hoffwn i ddim ffraeo hefo hi!'

'Na finnau,' meddai Tomos. 'Mae hi cyn gryfed ag unrhyw ddau o'r mwynwyr sy'n dod yma i yfed, a chredwch chi fi, maen nhw'n gryf. Mae'n rhaid i ni fod neu fydden ni ddim yn gwneud wythnos yn Simdde'r Dylluan. Er hynny, fe welais i Marged yn taflu hanner dwsin o'r mwynwyr oedd wedi meddwi allan yr wythnos ddiwethaf, a hynny heb unrhyw help gan ei gŵr.'

'O, mae hi wedi priodi felly?'

'Ydi, ond tydi Richard Morris ddim byd tebyg i Marged. Dyna fo'n stelcian yn y gornel yn y fan acw.'

'Beth, y dyn bach acw? Ond dydi o ddim hanner cymaint â Marged.'

'Yn union. Mae o wedi cael sawl cweir ganddi a maen nhw'n dweud mai ar ôl cael curfa go dda y cytunodd o i'w phriodi hi. Ond maen nhw'n dweud ei bod hi'n meddwl y byd o Richard Morris – yn lwcus iddo fo!'

Treuliodd Thomas Pennant noson ddifyr yn Y Telyrnia, yn gwrando ar Marged yn canu a chlywed sawl stori am ei chryfder. Yn y bore, ar ôl platiad mawr o wyau a chig moch, parhaodd ei daith i lawr Dyffryn

Nantlle, ar ôl cyfarfod un o gymeriadau rhyfeddaf Cymru.

* * *

Ymhen rhai blynyddoedd aeth pethau'n flêr yng ngwaith copor Drws-y-coed a bu'n rhaid i lawer fynd oddi yno i chwilio am waith. Yn eu plith roedd Marged a Richard Morris, a aeth i fyw i Ben Llyn, ger Cwm y Glo, ar lan Llyn Padarn. Aeth Tomos Ifan hefyd i fyw i'r un ardal, gan setlo yn Nant Peris. Roedd wedi hen syrffedu ar y gwaith copor a bellach enillai ei fara menyn drwy dywys pobl ddieithr i fyny'r Wyddfa.

Wrthi'n chwynnu yn yr ardd yr oedd o un diwrnod pan glywodd sŵn troed a rhywun yn galw.

'Oes yma bobl?'

'Oes, dewch trwodd i'n ardd gefn.'

'O, yn y fan yma yr ydych chi. Rydw i eisiau rhywun i'm tywys i ben yr Wyddfa. Rydw i wedi bod unwaith o'r blaen o ochr Llyn Cwellyn . . . '

'Do, mi wn i hynny Mr Pennant,' meddai Tomos.

'Beth ddywedoch chi? Sut gwyddoch chi pwy ydw i?'

'Tomos Ifan ydw i, syr. Ydych chi'n cofio aros yn Y Telyrniau beth amser yn ôl?'

'Wel, wrth gwrs! Tomos, mae'n dda gen i dy gyfarfod di eto. Wnes i mo'th adnabod di hefo'r locsyn yna. Felly rwyt ti wedi gadael y gwaith copor ac yn gweld mwy o'r haul rŵan.'

'Ydw wir,' meddai Tomos.

'A beth ydi hanes y wraig ryfeddol honno, Marged Ferch Ifan erbyn hyn? Ydi hi'n dal i fyw yn Nrws-y-coed?'

'Nac ydi, wir. Fe aethoch chi heibio ei thŷ hi ar y ffordd yma heddiw. Mae hi'n byw ym Mhen Llyn ers rhai blynyddoedd bellach.'

'Ydi hi'n cadw tafarn yno? Rydw i'n chwilio am le i aros heno – mi fyddai'n braf ei chlywed hi'n canu eto.'

'Na, dydi hi ddim yn dafarnwraig rŵan. Rhwyfo'r copor i lawr o'r Wyddfa ar hyd y ddau lyn, Peris a Phadarn, mae hi bellach.'

'Rhwyfo copor? Pam nad ydi o'n cael ei gario ar hyd y lôn?'

'Does dim lôn gwerth sôn amdani drwy Fwlch Llanberis at Ben Llyn,' meddai Tomos. 'Mae'n haws cludo'r copor mewn cychod arbennig, ond mae o'n waith caled iawn.'

'Wel rydw i'n siŵr fod Marged yn dda iawn wrth ei gwaith. Mae hi'n bladures o ddynes tydi. Ydi Richard ei gŵr yn ei helpu?'

'Beth ydych chi'n feddwl?' meddai Tomos dan chwerthin. 'Mi fyddai hwnnw'n fwy o drafferth na'i werth ar gwch! Na, mae gan Marged ferch arall yn ei helpu.'

'Beth, merch gref arall? Mae'n rhaid bod rhywbeth arbennig yn eich bwyd chi yn gwneud eich merched chi'n rhai cryfion.'

'Wn i ddim am hynny, ond mae Myfanwy yn goblynnig o gryf. A gyda llaw, Marged sydd wedi adeiladu'r cwch ei hun.'

'Oes yna unrhyw beth na fedr hi wneud dywedwch?'

'Wn i ddim wir. Reit, Mr Pennant, beth am gyfarfod fory wrth y Ceunant Mawr am hanner awr wedi wyth i fynd i ben yr Wyddfa? Mae'r tywydd wedi setlo ac fe allwn ni fynd i lawr i Orffwysfa Peris ar ben y bwlch a

cherdded yn ôl heibio'r llynnoedd wedyn. Efallai y cewch chi weld Marged Fwyn Ferch Ifan unwaith eto.'
'Syniad campus Tomos. Hwyl tan fory felly!'

* * *

Bore trannoeth, roedd Thomas Pennant yn barod wrth y Ceunant Mawr wrth droed yr Wyddfa yn disgwyl Tomos y tywysydd mewn da bryd. Am hanner awr wedi wyth union roedd y ddau yn cychwyn cerdded am y copa, a Tomos yn dangos pob math o ryfeddodau i'w gyfaill.

Roedd Thomas Pennant wrth ei fodd yn clywed yr hanesion, yn enwedig pan drodd y sgwrs i sôn am weithfeydd copor yr Wyddfa, a Tomos yn sôn am y mwynwyr oedd yn byw mewn barics neu dai bach ar ochr y mynydd i arbed cerdded i fyny ac i lawr bob dydd.

'A'r copor yma mae Marged yn ei gario yn ei chwch?' meddai'r teithiwr.

'Ie, a chopor o waith Nant Peris. Maen nhw'n ei gario fo i lawr ar gefn mulod ac yn ei roi yn y cychod. Mae ganddyn nhw waelod gwastad, cryf i gymryd y pwysau ac maen nhw'n gallu cludo cryn bwysau ar y tro – yn enwedig os ydyn nhw'n rhwyfwyr da fel Marged a Myfanwy.'

'Dywedwch ychydig o hanes Marged wrthyf i, Tomos. Mae hi'n ddynes ddiddorol iawn ac fe hoffwn i sgrifennu amdani mewn llyfr rhyw ddiwrnod.'

'Wel,' meddai Tomos, 'mae hi'n dal i hela ac yn cael hwyl dda arni, ond ddim yn mynd mor aml ag oedd hi pan oedd hi'n byw yn *Y Telyrnia*. Mae hi'n gweithio'n galed iawn rŵan a does ganddi ddim gymaint o amser hamdden.'

'Rydw i'n gobeithio'n arw y cawn ni ei gweld hi wrth ei gwaith y prynhawn yma.'

'Mae'n siŵr y gwnawn ni. Tan yn ddiweddar mi oedd ambell ŵr bonheddig fel chi, Mr Pennant, yn cael mynd yn y cwch hefo Marged, ond ddim bellach.'

'Pam, beth ddigwyddodd?'

'O mi drïodd rhyw labwst mawr gymryd mantais ar Marged ar ganol y llyn, gan fynnu cael cusan a rhyw lol felly. Ond wyddoch chi beth wnaeth hi?'

'Na wn i.'

'Gafael ynddo fo gerfydd ei sgrepan a'i ddal o dros ymyl y cwch gan fygwth ei ollwng o os na fyddai o'n addo byhafio. Mi wnaeth hynny wrth gwrs, oherwydd fedrai o ddim nofio. Mi ges i lawer o hwyl y prynhawn hwnnw – mi oeddwn i'n ei glywed o'n gweiddi a chrefu am gael mynd yn ôl i'r cwch ac i'r lan!'

'Mae Marged mor gryf ag erioed felly?' meddai Thomas Pennant.

'Cryf ddywedoch chi'? Goelia i ei bod hi'n gryf. Mae hi'n gallu sythu pedolau hefo'i dwylo noeth a mae hi'n dal i reslo yn rheolaidd.'

'Reslo ddywedoch chi?'

'Ia. Mae ymaflyd codwm yn boblogaidd iawn y ffordd yma a mi fydd Marged yn rhoi sialens i'r llafnau yma'n reit aml. Ond does yna'r un ohonyn nhw fedr drechu Marged Ferch Ifan chwaith!'

Ac felly yr aeth y diwrnod heibio, hefo Tomos a Thomas yn siarad pymtheg i'r dwsin wrth gerdded. Yn wir, cafodd Thomas Pennant ddiwrnod wrth ei fodd oherwydd ymhlith y rhyfeddodau a welodd ar yr

Wyddfa roedd bedd cawr, y cwm lle'r ymladdodd Arthur ei frwydr olaf, y clogwyn lle mae'n dal i gysgu hefo'i filwyr mewn ogof fawr gan ddisgwyl am yr alwad i ddeffro, llyn lle mae bwystfil anferth yn byw . . . a llawer mwy.

Ddiwedd y prynhawn, daeth y ddau i lawr at Eisteddfa Peris ar ben Bwlch Llanberis, gan basio gweithfeydd copor yr Wyddfa ar y ffordd. Cerddodd y ddau heibio Cromlech Ganthrig Bwt ac adroddodd Tomos hanes y wrach a arferai fyw dan y garreg. Roedd yn bwyta plant nes i ddyn dewr ei lladd drwy dorri ei phen.

'Ych â fi,' meddai Thomas Pennant. 'Ac roedd hi'n byw o dan y Gromlech ar ochr y ffordd yn y fan yma?'

'Oedd, nes i ddyn o Lanberis ei lladd hefo cryman.'

Cerddodd y ddau ymlaen am beth amser eto ac yna meddai Tomos:

'Edrychwch, dacw Lyn Peris o'n blaenau. Efallai y bydd Marged Ferch Ifan yno yn rhwyfo heddiw ac y cewch ei chyfarfod eto.'

Rhoddodd hyn rhyw sbonc newydd yng ngherddediad y ddau a chyn bo hir roeddent ar lan y llyn, lle gwelent gwch yn cael ei lwytho â chopor.

'Pnawn da,' meddai Thomas Pennant wrth y cychwr.

'Pnawn da i chithau, syr. Fedra i'ch helpu chi?'

'Medrwch gobeithio – ydi Marged Ferch Ifan yn y cyffiniau heddiw? Fe hoffwn ei chyfarfod.'

'Nac ydi mae arnaf i ofn. Mae hi wedi mynd i hela ar lethrau'r Elidir heddiw.'

'Dyna hen dro garw. Rydych chi'n ei hadnabod yn dda, gymeraf i?'

'Ydw wir, fel pawb sy'n rhwyfo ar y llynnoedd yma.

59

Wedi cael daeargi newydd mae hi ac wedi mynd i chwilio am lwynogod. Fe fydd gofyn iddo fo fod yn un da i gymryd lle'r hen Ianto hefyd . . . '

'Ianto? Pwy oedd o?'

'Hoff ddaeargi Marged. Doedd o ddim dau damaid i gyd ond mi oedd o'n ddewr fel llew.'

'Beth ddigwyddodd iddo fo?' meddai Tomos.

'Mi oedd o'n mynd yn y cwch hefo Marged bob amser ond un diwrnod mi redodd i ffwrdd ar drywydd rhywbeth a chrwydro y buo fo nes dod at rhyw dŷ. Erbyn hyn, mi oedd yr hen gi bach ar ei gythlwng a beth welai o ar fwrdd y gegin ond darn blasus o gig. Mi sglaffiodd y cig ond mi gafodd ei ddal gan berchennog y tŷ, clamp o fwynwr mawr o'r enw Jac. Yn ei dymer dyma fo'n lladd Ianto hefo'i ddwylo noeth a thaflu ei gorff i'r afon.'

'Y creadur bach,' meddai Tomos.

'Ie wir, ond dim dyna ddiwedd y stori. Pan glywodd Marged am yr hyn oedd wedi digwydd dyma hi am dŷ Jac – peth na wnâi neb arall oherwydd eu bod nhw ofn y llabwst mawr tew. Wrthi'n molchi ar ôl gorffen gweithio yr oedd o pan gyrhaeddodd Marged a dweud beth oedd yn bod. Pan ddywedodd Jac ei fod yn brysur, cynigiodd Marged ddod yn ôl ymhen ychydig amser.'

'Hy, wn i ddim i beth wir' oedd ymateb surbwch Jac.

'Ond yn ôl y daeth Marged, gan gynnig talu pedair gwaith gwerth y cig a fwytawyd gan Ianto os talai Jac werth y ci iddi hithau.'

'Cer i chwythu!' oedd ateb hwnnw. 'Dos oddi yma rŵan tra medri di cyn i mi dy daflu dithau i'r afon!'

'Heb air arall dyma Marged â dyrnod i Jac nes ei fod yn llyfu'r llawr ac os byddai hi wedi rhoi un arall iddo fo, fe fyddai'n gelain. Yn lle hynny, dyma hi i'w boced a nôl pres i gael ci arall – a hela hefo hwnnw y mae hi heddiw mae arna i ofn.'

* * *

Chafodd Marged mo'i siomi y diwrnod hwnnw. Roedd y ci bach newydd yn un gwych – cystal â Ianto bob tamaid – ac fe fu'n ffefryn ganddi am flynyddoedd lawer. Ond os cafodd Marged ei phlesio, ei siomi gafodd Thomas Pennant. Welodd o mo Marged Ferch Ifan am yr eildro, oherwydd roedd yn rhaid iddo adael ardal Llanberis y noson honno. Ymhen rhai blynyddoedd, sgrifennodd lyfr am ei deithiau yng Nghymru ac yn hwnnw mae'n disgrifio Marged a'i nerth ond hefyd yn dweud mor siomedig ydoedd o beidio â'i chyfarfod pan oedd yn ardal Llanberis.

Maen nhw'n dweud i Marged fyw nes ei bod yn gant a dau ac na fu'n sâl erioed. Yn wir, roedd hi'n dal i reslo pan oedd hi yn ei saithdegau, a neb yn medru ei threchu. Roedd hi'n dipyn o ddynes!

Meddyliwch y tîm tag fyddai Marged Ferch Ifan ac El Bandito yn ei wneud. Fe fydden nhw'n bencampwyr y byd mewn dim a'r Ddraig Goch ar y brig!

TWM SION CATI

Mae llefain mawr a gweiddi
Yn Ystrad-ffin eleni;
Mae'r cerrig nadd yn toddi'n blwm
Rhag ofon Twm Siôn Cati.

Bedwar can mlynedd yn ôl roedd y pennill yna ar wefusau sawl un o drigolion siroedd Ceredigion a Chaerfyrddin. Mewn gwirionedd, y rhai oedd ag angen bod ofn Twm Siôn Cati arnyn nhw oedd y bobl fawr hynny a oedd yn camdrin y bobl gyffredin a chymryd mantais arnynt. Weloch chi ffilm am *Robin Hood* erioed? Roedd Twm fel rhyw Robin Hood Cymraeg, yn dwyn oddi ar y cyfoethog a'i roi i'r tlodion. Roedd o'n glyfar iawn, yn adnabod y wlad fel cefn ei law, yn gwybod hanes pob bryn a phant, yn un direidus iawn, yn ŵr bonheddig a bob amser yn barod i helpu ei gymdogion os oeddent mewn trybini. Does dim rhyfedd fod gwerin gwlad yn meddwl y byd ohono a bod sawl stori amdano ar gof a chadw. Hoffech chi gael ei hanes?

*   *   *

Efallai y dylen ni gychwyn hefo enw Twm. Sut cafodd o enw mor anghyffredin â Twm Siôn Cati tybed? Wel, fel hyn yr oedd hi. Roedd ei dad, Syr John Wynn o Wydir, ger Llanrwst yng Ngwynedd yn ddyn cyfoethog iawn. Roedd o hefyd yn ddyn cas iawn a'r union math o ddyn y byddai Twm yn dwyn oddi arno yn ddiweddarach. Ta waeth, ar ôl ei dad y cafodd Twm yr enw Siôn . . . Ond beth am y Cati meddech chithau? Wel, enw ei fam oedd Catrin, neu Cati i'w ffrindiau – a dyna ni, Twm Siôn Cati.

Cafodd Twm ei fagu mewn tŷ o'r enw Porth y Ffynnon ger Tregaron. Yr enw lleol ar y tŷ wedyn oedd Plas Twm Siôn Cati, ond roedd hynny ar ôl i Twm ddod yn enwog a chyn iddo orfod ffoi i fyw mewn ogof, fel y clywch chi yn y man. Roedd Twm wrth ei fodd ym Mhorth y Ffynnon a chafodd ddigon o gyfle i chwarae castiau ar bobl y cylch a hefyd i ddysgu llawer am hanes yr ardal a Chymru. Hynny wnaeth Twm yn benderfynol o fod yn wahanol i'w dad; mynd i helpu'r tlawd yr oedd ef, nid dwyn eu tir fel Syr John.

Un tro, yn fuan ar ôl iddo ymadael â'r ysgol, gwelodd Twm hen wraig yn cerdded heibio'i gartref, i gyfeiriad Tregaron.

'Prynhawn da, Lisi Puw. Mae'n ddiwrnod braf.'

'Ydi wir, Twm bach, mae'n dwym iawn. Maddau i mi, 'ngwas i, mae'n rhaid i mi frysio i stondin Smith ym marchnad y dref i brynu crochan newydd. Mae'r hen un sydd gen i wedi darfod ei oes ond wn i ddim sut ydw i'n mynd i dalu am yr un newydd chwaith. Mae'r rhent mor uchel a dyw'r ieir ddim wedi dodwy fawr yn ddiweddar – ac i goroni'r cwbl mae Smith yn codi crocbris am ei hen sosbenni a'i grochanau!'

'Ydi o wir?' meddai Twm, â golwg synfyfyrgar ar ei wyneb. 'Gaf i ddod i Dregaron gyda chi, Lisi?'

'Cei wrth gwrs, 'ngwas i' oedd ateb parod yr hen wraig. 'Ond pam wyt ti eisiau mynd i'r dre mwyaf sydyn?'

'Fe fedra i gario'r crochan yn ôl i chi,' meddai Twm, 'ac efallai y medra i'ch helpu chi mewn rhyw ffordd arall hefyd.'

'Chwarae teg i ti'n wir am fod mor feddylgar wrth hen wraig,' meddai Lisi ac i ffwrdd â nhw i gyfeiriad Tregaron.

Ar ôl cyrraedd stondin Smith, aeth Twm yn syth at y perchennog a gofyn iddo am bris rhai o'r crochanau oedd ar werth. Yn union fel yr oedd Lisi wedi dweud, roeddent ymhell y tu hwnt i gyrraedd yr hen wraig.

'Fe ddylai fod cywilydd arnoch chi yn codi cymaint am grochanau â thyllau ynddynt,' meddai Twm.

'Tyllau?' meddai Smith. 'Mae hynny'n amhosib. Mae pob un wan jac o'r rhain yn newydd a does dim twll ynddyn nhw.'

'Wn i beth,' meddai Twm, 'os medra i ddangos crochan â thwll ynddo i chi, wnewch chi ei roi e' i mi?'

'Wrth gwrs,' oedd yr ateb, 'fydd e'n dda i ddim i mi gyda thwll ynddo.'

'Reit, mae twll yn hwn,' meddai Twm, gan afael yn y crochan mwyaf yn y siop.

'Ymhle? Wela i'r un twll!'

'Rhowch eich pen yn y crochan' meddai Twm, 'efallai y gwelwch chi ef wedyn.'

Gwnaeth Smith hyn. Wedyn tynnodd ei ben o'r crochan a dweud,

'Wela i'r un twll ynddo. Rwyt ti'n dychmygu pethau 'machgen i.'

'Tybed? Sut medroch chi roi eich pen yn y crochan 'te?' meddai Twm, gan gario'r crochan o'r siop yn fuddugoliaethus a Lisi yn ei fendithio am gael crochan mor dda iddi – a hynny am ddim!

O hynny ymlaen, doedd dim stop ar waith Twm ar ran y tlawd. Yn wir, cyn bo hir, deuai pobl ato i ofyn am gymorth ac, wrth gwrs, fe wnâi yntau bob ymdrech i'w helpu.

Un dydd, daeth cnoc ar y drws. Agorwyd ef gan ei fam.

'Helo Cati.'

'O, chi sydd yna Daniel Prydderch. Dewch heibio.'

'Ydi Twm yma?'

'Ydw. Beth fedra i wneud i chi, Daniel?'

'Mari y wraig acw brynodd frethyn yn y farchnad ddydd Sadwrn er mwyn gweithio bob o siwt i'r plant at y gaeaf. Fedrwn ni ddim fforddio prynu dillad parod 'chweld. Wel, i dorri stori hir yn fyr, fe dalodd hi am bedair llath o frethyn ond ar ôl cyrraedd adref fe welodd Mari mai dwylath yn unig roddodd y wraig iddi.'

'Aeth hi ddim yn ôl i gwyno?' meddai Cati.

'Wel do, wrth gwrs, ond gwadu'r cyfan wnaeth gwraig y stondin. Dweud mai am ddwylath yn unig y talodd Mari. Gwas fferm tlawd ydw i fel y gwyddost ti Twm a fedra i ddim fforddio colli cymaint â hynna o arian. Fedri di fy helpu i?'

'Wrth gwrs y gwna i Daniel. Pa liw brethyn oedd o?'
'Glas tywyll.'
'Reit, gadewch chi'r cwbl i mi . . . '

Y dydd Sadwrn canlynol, roedd Twm yn y farchnad ben bore ac anelodd yn syth at stondin y wraig dwyllodrus. Gwelodd ei bod yn brysur hefo cwsmer arall a rhoddodd hyn gyfle iddo wneud yn siŵr fod y brethyn glas tywyll yno o hyd. O fewn eiliadau, roedd wedi gafael yn un pen iddo, a gan roi sawl tro sydyn lapiodd ef am ei gorff – lathenni ohono! Yna cerddodd i ffwrdd yn dalog at stondin arall.

Ar ôl gorffen â'r cwsmer sylwodd y stondinwraig fod peth o'i brethyn ar goll ac aeth i chwilio am y lleidr. Sylwodd ar unwaith ar Twm yn ei 'siwt' frethyn a chychwyn tuag ato. Yn lle hynny, aeth Twm ati hi.

'Fe welais i'r cyfan,' meddai Twm cyn i'r wraig gael cyfle i ddweud dim.

'Beth ydych chi'n feddwl?' meddai'r stondinwraig yn amheus.

'Fe welais i'r lleidr yn dwyn eich brethyn. Lle ofnadwy sydd yn Nhregaron yma, wyddoch chi. Fedrwch chi drystio neb. Dyna pam yr ydw i'n lapio fy mrethyn i amdanaf fel hyn, rhag i neb fedru ei ddwyn. Dydd da i chi!'

Ac fel yna cafodd Mari Prydderch ddigon o frethyn i wneud dwy siwt yr un i'w phlant ac y dysgwyd gwers ddrud i'r dwyllwraig, diolch i Twm Siôn Cati.

* * *

Ymhen amser, oherwydd ei fod yn gwneud bywyd y byddigions yn boen, bu'n rhaid i Twm ffoi o Borth y

Ffynnon. Clywsai fod swyddogion y gyfraith yn chwilio amdano er mwyn ei daflu i garchar Aberteifi ac felly doedd dim amdani ond dianc o'u crafangau. Fel sawl arwr arall yn hanes Cymru dros y canrifoedd, bu'n rhaid i Twm fyw mewn ogof. Saif yr ogof hyd heddiw yn ardal Ystradffin yn yr hen sir Gaerfyrddin.

Ond os oedd Twm bellach yn gorfod byw mewn ogof, chafodd ei elynion – y bobl fawr a oedd yn cymryd mantais ar y werin – ddim mwy o lonydd ganddo. Y gwrthwyneb oedd yn wir mewn gwirionedd. Gan fod ganddo guddfan mor wych bellach, medrai fod yn fwy eofn nag erioed ac aeth yn lleidr pen ffordd. Wrth gwrs roedd o'n wahanol i bob lleidr arall o'r fath gan ei fod yn rhoi'r ysbail i gyd i'r tlawd a'r anghenus.

O hynny ymlaen, doedd wiw i'r un gŵr cyfoethog fentro allan ar gefn ei geffyl na'r un wraig fonheddig yn ei cherbyd cysurus. Byddai Twm yn siŵr o'u hatal a dwyn eu harian, eu gemau gwerthfawr a'u modrwyau aur. Byddai sawl un yn ei felltithio ond eto roedd pob un yn dweud mor fonheddig oedd y lleidr – er ei fod yn ddigon haerllug i fynnu cusan neu hyd yn oed ddawns gydag ambell ferch os oedd yn ddel!

Ar ôl peth amser, fodd bynnag, daeth sôn bod lleidr pen ffordd arall yng nghyffiniau Ystradffin. Roedd hwn yn un hollol wahanol i Twm – yn dwyn oddi ar bawb, yn gas a sarrug ac yn cadw popeth a gipiai iddo ef ei hun. Caseid ef gan bawb – yn fonedd a gwreng . . . a Twm Siôn Cati. Penderfynodd ddysgu gwers iddo, ac fel hyn y bu pethau . . .

Er ei fod yn byw mewn ogof, doedd y lle ddim fel twlc mochyn chwaith ac roedd Twm wedi symud ei eiddo i gyd yno, gan gynnwys ei ddillad. Yr hyn wnaeth o felly oedd gwisgo ei ddillad gorau: crys sidan gwyn, siwt o frethyn llwyd, esgidiau lledr hefo byclau arian am ei draed ac i goroni'r cyfan, het grand hefo clamp o bluen goch ynddi.

Gadawodd ei gleddyf ar ôl yn yr ogof yn fwriadol a marchogaeth i gyfeiriad Rhandir-mwyn. I bob golwg, gallai fod yn ddyn busnes cyfoethog – neu hyd yn oed borthmon cefnog ar ei ffordd adref ar ôl taith lwyddiannus dros Glawdd Offa.

'Aros lle'r wyt ti!' Daeth bloedd sydyn o goedwig fechan ar ochr y ffordd.

'Wo! Bes,' meddai Twm wrth ei geffyl a gwelodd y lleidr pen ffordd arall yn camu o guddfan yn y coed. Yn ei law roedd gwn milain yr olwg, a hwnnw wedi ei anelu at galon Twm.

'Ar eich ffordd adref gyfaill?' meddai'r lleidr.

'Y . . . ydw' meddai Twm mewn llais bach main, gan gymryd arno bod ofn am ei fywyd. 'P . . . p . . . pwy ydych chi? Nid y Twm Siôn Cati ofnadwy yna?'

'Twm Siôn Cati wir – Dafydd Ddu maen nhw'n fy ngalw i, ac fel yr ydych chi wedi clandro'n barod giaffar, mi ydw i'n lleidr pen ffordd.'

'O bobl bach, chi ydi'r enwog Dafydd Ddu. Beth wnaf i?'

'Mi ddyweda i wrthych chi,' meddai hwnnw. 'Os nad ydw i'n camgymryd, mae côd go drom ym mhoced eich côt onid oes?'

'Oes, ond . . . ' meddai Twm.

'Dim ond o gwbl gyfaill, rydach chi'n mynd i'w rhoi i mi – 'rŵan!'

'Iawn,' meddai Twm, gan daflu'r god dros y gwrych.

'Y llarpad, mi gei di dalu am hynna!' meddai Dafydd

Ddu, gan ruthro tu ôl i'r gwrych.

'Fe gawn ni weld am hynny hefyd,' oedd yr ateb tawel, oherwydd yr eiliad y diflannodd Dafydd Ddu y tu ôl i'r gwrych rhuthrodd Twm ar gefn ei geffyl am y goedwig. Erbyn i'r lleidr ganfod cod Twm, roedd hwnnw'n carlamu ymaith hefo'i geffyl wrth ei ochr. Yn ofer y melltithiodd o'r 'gŵr bonheddig' am ddwyn ei geffyl a holl ysbail wythnos galed o ladrata. Ond yna cysurodd ei hun – roedd côd arian y cnaf ganddo – nes ei hagor a gweld ei bod yn llawn hoelion!

* * *

Os llwyddodd Twm Siôn Cati i gael sawl dihangfa gyfyng rhag y gyfraith a'r byddigions, fe gafodd ei ddal yn y diwedd – gan galon merch.

Un dydd, stopiodd Twm goets fawr grand a thybiai y câi helfa dda oherwydd gwyddai mai un plasdy Ystradffin oedd hi. Roedd sgweiar Ystradffin yn enwog am ddau beth: cyfoeth a chalon galed.

'Reit sgweiar,' meddai Twm, 'allan â chi. Hoffech chi wneud cyfraniad at achos da . . . ?'

Chafodd o ddim gorffen ei frawddeg, oherwydd o'r goets fawr camodd y ferch dlysaf a welsai erioed.

'Nid y sgweiar ydych chi!'

'Na – ac nid hel calennig ydych chithau.'

'Pwy ydych chi?'

'Elen Wyn, merch y sgweiar os oes rhaid i chi wybod. A phwy ydych chi?'

'Twm Siôn Cati.'

'O! A *chi* ydi'r Twm Siôn Cati y mae fy nhad yn bytheirio yn ei gylch byth a beunydd,' meddai Elen, â gwên fach chwareus ar ei gwefusau.

Roedd Twm wedi synnu cymaint at dlysni Elen fel yr anghofiodd ofyn am ei thlysau a gadael iddi fynd. Y gwir amdani oedd fod ein harwr wedi syrthio mewn cariad ag aeres benfelyn stad Ystradffin.

Y newyddion da i Twm oedd fod Elen hithau mewn cariad dros ei phen a'i chlustiau ag yntau. Y newyddion drwg, wrth gwrs, oedd fod ei thad, y sgweiar, am ei waed. Yn slei bach, dechreuodd y ddau ganlyn yn selog – yn slei bach, oherwydd doedd wiw i Elen sôn am Twm nad oedd ei thad yn gandryll. Yn wir, bu bron iddo a chael ffit farwol pan glywodd am y garwriaeth rhwng Twm ac Elen.

'Ond rydw i'n ei garu nhad, ac am ei briodi,' meddai hithau.

'Ei briodi wir! Os caf i hanner cyfle, fe daflaf i'r cnaf i'r carchar agosaf – ac yna taflu'r allwedd ymaith!'

Pan glywodd Twm hyn, sylweddolodd bod rhaid iddo gael y llaw uchaf ar y sgweiar ac wrth gwrs, cafodd syniad sut i wneud hynny . . .

Un noson clywodd y sgweiar sŵn cnocio ar ddrws y Plas ac aeth i'w agor. Yn sefyll yno roedd dyn wedi ei wisgo mewn clogyn du a gyrhaeddai at ei draed.

'Ie, beth ydych chi eisiau?'

'Galw ar ran Twm Siôn Cati ydw i syr.'

'Beth? Mae gennych chi wyneb!'

'Mae'n gofyn a gaiff o weld Elen am y tro olaf.'

'Y tro olaf ddywedoch chi?'

'Ie, syr. Mae'n addo mynd yn ôl i'r gogledd i fyw os caiff ei gweld.'

'Yn ôl i'r gogledd, aie? Does gen i ddim ffydd yn y gwalch, fyddai waeth ganddo gipio Elen i'w ganlyn

ddim.'

'Na, mae'n addo peidio â gwneud hynny syr. Beth am adael iddi roi ei llaw allan drwy'r ffenest er mwyn iddo gael ysgwyd llaw a ffarwelio?'

'Ac mae'n addo mynd o ardal Ystradffin am byth wedyn?'

'Ydi.'

'A phwy wyt ti, i fod mor sicr o dy bethau?'

'Ei was, syr.'

'Reit, os mai fel hyn mae cael gwared â'r cnaf, boed felly. Dewch yn ôl mewn pum munud a sefyll y tu allan i'r stafell fyw.'

Ymhen pum munud, agorodd ffenest y stafell fyw ac estynnodd Elen ei llaw allan. Teimlodd rhywun yn ei chusanu.

'Twm, ti sydd yna?'

'Wrth gwrs. Agor y llenni i weld pwy arall.'

Agorodd Elen y llenni a gweld 'gwas' Twm yn diosg ei glogyn ac adnabu ef fel y ficer lleol. Ond nid ef yn unig oedd yno, ond hefyd Daniel a Mari Prydderch.

'Wnei di fy mhriodi i, Elen?'

'Gwnaf, wrth gwrs!'

Ac felly y bu! O fewn eiliadau roedd y ficer wedi mynd drwy'r seremoni, Twm wedi rhoi'r fodrwy ar ei bys a Daniel a Mari yn dystion i'r cyfan. A doedd dim a fedrai'r sgweiar ei wneud! Wedi'r cyfan, ef oedd wedi cytuno i roi llaw ei ferch i Twm.

* * *

Yn unol â'i air, fe symudodd Twm o'r ardal, gan fynd ag Elen i'w ganlyn. Ŵyr neb yn iawn ble buon nhw'n byw ar ôl hyn, ond fe allwch fentro eu bod yn hapus fel y gog, ble bynnag yr oedden nhw.

Ardal anghysbell iawn ydi Ystradffin hyd heddiw a does fawr o olion Twm Siôn Cati yno ar wahân i'w ogof sydd mewn craig heb fod ymhell o'r pentref. Ar y llaw arall, fyddech chi ddim yn disgwyl i herwr mor llwyddiannus â Twm adael llawer ar ei ôl, neu byddai ei elynion wedi medru ei ddal.

Y peth pwysicaf sydd wedi parhau ar ei ôl mewn gwirionedd ydi'r parch sydd gan bobl Dyfed iddo fel ceidwad y werin. Dyna pam fod straeon fel rhain – a mwy – yn cael eu hadrodd amdano. Beth am weld fedrwch chi glywed mwy?

JEMEIMA NICLAS

Mae gan Gymru nifer o arwyr sydd wedi achub ein gwlad rhag sawl argyfwng dros y blynyddoedd – dynion dewr megis Arthur, y ddau Llywelyn ac Owain Glyndŵr. Fe glywon ni am rai o'r rhain mewn straeon eraill. Mae'n fater gwahanol gyda merched oherwydd cymharol ychydig arwresau sydd gennym ond yn eu plith mae enwau anrhydeddus megis Gwenllian a Jemeima Niclas.

Fe achubodd Jemeima Gymru rhag mynd dan sawdl Ffrainc pan ymosododd byddin y wlad honno ar Sir Benfro ddau can mlynedd yn ôl. Yn ddiddorol iawn, fe lwyddodd i wneud hynny hefo criw o ferched ar ôl i'r fyddin leol ffoi am ei bywyd! Hoffech chi glywed y stori i gyd? Wel, dyma hi i chi . . .

* * *

Gwraig i bysgotwr tlawd o ardal Pencaer, ger Abergwaun yn Sir Benfro oedd Jemeima. Cyn 1797, wyddai nemor neb amdani ar wahân i bobl y cylch. Roedden nhw'n gwybod amdani fel clamp o ddynes dros chwe throedfedd o daldra a oedd yn gwneud gwaith crydd. Ar ôl glaniad y Ffrancod, fe wyddai pawb amdani ac roedd y beirdd yn crwydro'r wlad yn canu baledi amdani yn y ffeiriau.

Dynes benderfynol o gael chwarae teg fu Jemeima erioed, heb falio pwy oedd yn ei gwrthwynebu. Nid oedd arni ofn neb na dim. Un tro ceisiodd siopwr dwyllo Robat ei gŵr drwy dalu rhy ychydig iddo am fecryll a ddaliwyd ganddo. Sylweddolodd Jemeima beth oedd wedi digwydd a cherddodd i'w siop yn Abergwaun gan ddweud wrtho beth a feddyliai o dwyllwr fel ef heb flewyn ar ei thafod – a hynny yn y Gymraeg gryfaf sydd i'w chael yn Sir Benfro. Erbyn iddi orffen roedd y siopwr yn fwy na pharod i dalu'r arian oedd yn ddyledus i Robat Niclas, dim ond er mwyn cael gwared â Jemeima!

Lle bach tawel ar lan môr Bae Ceredigion oedd Abergwaun ddau can mlynedd yn ôl. Y peth mwyaf a boenai'r trigolion oedd naill ai prinder pysgod yn y môr neu gnydau gwael ar y tir. Yna, aeth yn rhyfel rhwng Ffrainc a Gwledydd Prydain ac o hynny ymlaen, bu llawer si am fyddin o Ffrancod yn glanio yng Nghymru. Yn wir, codwyd nifer o geyrydd arbennig ar lan y môr i geisio atal hyn, mewn lleoedd megis Belan ger Aber Menai yn y gogledd ac Abergwaun yn y de. Roedd rhain yn llawn gynnau mawr a milwyr wedi eu hyfforddi'n arbennig.

Wrth gwrs, roedd gweld y ceyrydd hyn yn cael eu codi yn gwneud i'r bobl fod ar bigau'r drain. Yn haf

1796, roedd pob math o straeon ar lafar gwlad a llawer o sôn am ysbïwyr o Ffrainc. Fe grogwyd un 'ysbïwr' yn Lloegr ar ôl i'w long gael ei dryllio ar y traeth . . . a dim ond ar ôl ei grogi y sylweddolodd rhywun mai mwnci oedd o!

'Fe rown i Ffrancod iddyn nhw,' oedd ymateb Jemeima i'r holl sibrydion am ymosodiad. 'Os cyffwrdd troed un ohonyn nhw â Sir Benfro fe fydd yn edifar ganddo!'

'Rwyt ti'n gywir yn y fan yna!' meddai Robat, gan ddiolch yn ddistaw bach fod ei wreiddiau ef yn gadarn yn nhir penrhyn Pencaer.

'Wel, bydd di'n ofalus ar yr hen fôr yna rhag ofn i rapscaliwns o Ffrainc dy ddal di, Robat. Pobol ombeidus ydyn nhw – maen nhw'n dweud mai malwod maen nhw'n fwyta i ginio bob dydd! Ych â fi!'

'Fe fyddwn ni'n ddigon diogel Jemeima. Fe fydd Thomas Knox a'i filwyr yn ein hamddiffyn ni o'r gaer yn Abergwaun.'

'Thomas Knox wir! Beth ŵyr hwnna am ymladd? Ffŵl wedi ei ddifetha gan ei dad yw e. Mae e wrth ei fodd yn martsho drwy'r dre a swancio yn ei ddillad milwr ond rydw i'n siŵr y bydde fe'n rhedeg milltir petai e'n gweld Ffrancwr.'

Ychydig a feddyliai Robat mor agos at y gwir oedd geiriau Jemeima . . .

* * *

Daeth yn hydref a gaeaf ac erbyn dechrau 1797, roedd y rhan fwyaf o bobl Sir Benfro yn dechrau anghofio am y Ffrancod. Roedd y tywydd yn rhy stormus a'r môr yn rhy arw i neb yn ei iawn bwyll feddwl am ymosod a ph'run bynnag, roedd pethau gwell i fynd â'u bryd, megis hwyl Yr Hen Galan a macsu cwrw cartref. Fe ellwch fentro fod Robat a Jemeima Niclas yng nghanol y miri a'r hwyl a'r peth olaf ar eu meddwl hwythau oedd glaniad gan y Ffrancod.

Dyna'n union wyddai'r Ffrancod hefyd. Heb yn wybod i'r Cymry, roedd byddin o fil a hanner o garidyms gwaethaf Ffrainc – eu hanner newydd eu gollwng o'r carchar – yn barod i hwylio mewn pedair llong am Gymru. Y cwbl oedd ei angen oedd tywydd braf a môr tawel i lanio. A dyna'n union a gafwyd ym Mis Bach 1797. Codwyd angor ar unwaith ac anelu am Gymru . . .

Hwyliodd y llongau yn dalog ddigon heibio Cernyw ac am Sir Benfro gan dwyllo'r llynges a gadwai lygad barcud am unrhyw symudiad o du'r Ffrancod. Ond sut y gwnaethon nhw hynny, meddech chi? Wel, yn hawdd – fe godon nhw faneri Jac-yr-undeb ar eu mastiau ac wedyn wnaeth neb o'r llynges eu hamau. Wedi'r cwbl pwy feiddiai godi baner Lloegr ar eu mast ond llongau Prydeinig . . .

Wel, os twyllon nhw'r llynges, thwyllon nhw mo'r Cymry. Erbyn Chwefror 22ain roedden nhw ger Tyddewi a gwelwyd hwy gan Tomos Williams a oedd yn byw yn Nhrelethin. Hen forwr wedi ymddeol oedd Tomos ac oherwydd yr heli yn ei waed fe wyddai ar unwaith mai llongau Ffrengig oedd y rhai a hwyliai gyda'r creigiau oddi tano.

Anfonodd neges frys ar ei union i'r awdurdodau yn Nhyddewi a daliodd i wylio'r llongau. Roedd yn amlwg bellach eu bod yn chwilio am fan addas i lanio ac erbyn y prynhawn, roedden nhw wedi canfod y lle hwnnw; Carreg Wastad ar benrhyn Pencaer, heb fod ymhell o Abergwaun. O fewn ychydig oriau, roedd y fyddin a obeithiai oresgyn Cymru ar dir sych Sir Benfro a'r bobl leol wedi dychryn am eu bywydau – hynny ydi, pawb ond Jemeima Niclas.

'Edrych mewn difri calon Robat, maen nhw wedi cynnau tanau ger Llanwnda. Beth maen nhw'n losgi tybed? Coed tân a thanwydd pobl dda Pencaer mae'n siŵr, neu eu dodrefn hyd yn oed. Rown i ddim byd heibio'r cnafon yna. Rydw i bron â mynd draw a rhoi cweir iawn iddyn nhw!'

'Rhoi cweir iddyn nhw wir! Wyt ti'n gall Jemeima bach? Toes yna gannoedd ar gannoedd ohonyn nhw. Fe fydden nhw'n dy larpio di neu dy saethu'n gelain.'

'Fe gawn ni weld am hynny. Feiddian nhw ddim!'

'Efallai'n wir, ond mae'n well gadael i Thomas Knox a'i filwyr ein hamddiffyn ni rhag y Ffrancod. Dyna yw eu gwaith wedi'r cwbl.'

'Hy! Thomas Knox, wir. Fedrai hwnnw a'i filwyr drama ddim codi ofn ar gath drws nesaf heb sôn am hel byddin o Ffrancod yn ôl i'r môr a'u cynffon rhwng eu gafl.'

'Chwarae teg nawr, Jemeima . . . '

'Chwarae teg, wir! Dyna'n union mae Knox a'i griw yn ei wneud – chwarae sowldiwrs. Synnwn i ddim nad nhw fydd yn ffoi o flaen y Ffrancod ac nid fel arall.'

* * *

Roedd glaniad y Ffrancod wedi creu anhrefn llwyr yn ardal Abergwaun. Aeth y newyddion fel tân gwyllt o dŷ i dŷ a ffodd y rhan fwyaf o drigolion Pencaer am Abergwaun gan gario cymaint o'u heiddo ag y medrent. Byddai mwy o ofn arnynt petaent yn medru gweld yr olygfa yn y gaer ger ceg harbwr y dref.

'Lefftenant, syr, fe ddylen ni fod ar benrhyn Pencaer yn amddiffyn y bobl a'r tai!'

'Dyna digon o hynna, Jones! Ein ddyletswydd ni yw aros yma yn y "fort" i gardio bobl Abygwâun. Dyna pam wnaeth dad fi bildio'r "fort" a rhoi milwr-iwnifform i bob un o chi.'

'Ond syr, mae'r Ffrancod wedi glanio ym Mhencaer,' meddai Jones.

'Dydw i ddim wedi gweld na liw na lun o'r "blighters". Mae'r bobl leol yn gwneud storïau ceiliog a tarw i fyny rydw i'n feddwl.'

'Fe ddylech chi fod wedi mynd yn nes at Garreg Wastad ar y ffordd yma heno, syr,' meddai Jones eto. 'Mae 'da fi dylwyth ym Mhencaer a phan fo Reuben yn dweud bod Ffrancod ar Garreg Wastad rydw i'n ei gredu fe!'

'Coelies i mawr. Mae o wedi bod yn yfed y gwrw gartref eto ac yn gweld pethau. Na, fe arhoswn ni yma dros nos . . . '

'Syr, fe welais i'r Ffrancod!' meddai llais o'r cefn.

'A minnau!'

'Wes, mae cannoedd ohonyn nhw obeutu Carreg Wastad.'

'O efallai eich bod chi'n iawn,' meddai Knox, yn gwybod bellach na fedrai wadu bod y Ffrancod ar dir Sir Benfro – tir y dylai ef arwain ei ddynion i'w amddiffyn. Ond doedd o ddim yn mynd i gael ei orfodi i wneud ei ddyletswydd mor hawdd â hynny chwaith. 'O diar,

diar,' meddai, 'mae wedi tywyllu a does dim leuad heno i ni weld y *Froggies*. Hen tro ond fe fydd rhaid i ni aros yma tan y fore.'

A dyna wnaed. Fe glowyd drws y gaer a medrai'r Ffrancod fod wedi cipio tref Abergwaun mor hawdd â phoeri y noson honno petaent ond yn gwybod . . . !

Mewn gwirionedd, roeddent yn rhy brysur i feddwl am adael Pencaer. Ar ôl eu mordaith hir a gyda dros eu hanner wedi dioddef misoedd o fwyd carchar diflas cyn hynny, roeddent yn brysur yn gwledda ar yr ysbail a gafwyd yn y cylch. Bwytaodd sawl un yn well nag a wnaethai ers amser maith ar wyau, caws, cig moch, ieir, gwyddau a hwyaid Sir Benfro. Ar ben hyn i gyd, yfodd llawer ohonynt yn drwm hefyd ar ôl canfod casgenni o gwrw, gwin a brandi 'smyglin' yn y tai. Erbyn canol nos, roedd y rhan fwyaf o'r goresgynwyr yn feddw dwll.

Byddai hyd yn oed Knox a'i filwyr drama wedi medru trechu'r Ffrancod y noson honno petaent ond yn gwybod . . .

* * *

Os oedd y Ffrancod a milwyr Fox yn ddisymud y noson honno o Chwefror, nid felly'r Cymry o Dyddewi i Aberteifi. Erbyn y bore, roedd cannoedd o bobl yn tyrru am Abergwaun, yn cario pob math o arfau – yn bicweirch, bwyeill, pladuriau ac unrhyw erfyn arall miniog neu bigog y medrent roi eu pump arno. Yn eu canol, fe ellwch fentro, oedd Jemeima.

'Mae'n rhaid taflu'r Ffrancod felltith hyn yn ôl i'r môr ar unwaith!' bloeddiodd.

'Ond sut?' meddai rhywun, 'mae gan bob un ohonyn

nhw wn. Dim ond arfau fferm sydd gennym ni.'

'Ie, mae hynny'n broblem,' meddai Jemeima. 'Mae gan filwyr Fox ynnau ond mae e ofn ei gysgod ac eisiau aros yn ei gaer grand. Does dim amdani ond martsho am Bencaer a gwneud ei waith drosto.'

'Ond Jemeima fach,' meddai'r llais o'r cefn eto, 'mae'r Ffrancod yn saethu unrhyw beth sy'n symud. Fe aeth criw ohonyn nhw i ffermdy Brestgarn neithiwr a phan drawodd y cloc wyth niwrnod fe ddychrynodd un ohonyn nhw a meddwl bod rhywun yn cuddio yn y cloc. Ac wyddoch chi beth wnaeth e? Fe saethodd e'r cloc!'

'Yr hyn ydym ni ei angen mewn gwirionedd yw criw o filwyr go iawn yn eu cotiau cochion i ddychryn y cnafon am eu bywyd,' meddai rhywun arall.

'Yn union,' meddai Jemeima, 'ac mae gen i syniad lle cawn ni rai!'

'Does dim milwyr felly yn agos i Abergwaun.'

'O oes, maen nhw yma'n awr' meddai Jemeima, 'yn ein canol ni!'

'Ymhle yn eno'r tad?'

'Edrychwch ar yr hyn ydw i a'r merched yn wisgo dros ein ysgwyddau,' meddai Jemeima. 'Siôl wedi ei gwneud o frethyn cartref coch ynte?'

'Ie.'

'Wel, o bell fe fyddant yn ymddangos fel cotiau cochion y milwyr ac os daw digon o'r merched gyda ni am Bencaer fe roddwn ni sioc farwol i Sioni Ffrensh a'i filwyr! Ydych chi am ddod gyda mi, ferched?'

Bloeddiodd y merched ag un llais eu bod yn fodlon dilyn Jemeima ac i ffwrdd â hwy i gyfeiriad y Ffrancod a'r dynion yn eu dilyn o hirbell . . .

Ar y ffordd gwelsant ddwsin o Ffrancod yn gwersylla

mewn cae uwchben Abergwaun ac yn amlwg wedi eu rhoi yno i gadw llygad ar y trigolion lleol a rhybuddio'r gweddill os oedd perygl. Sut oedd mynd heibio iddynt heb gael eu gweld?

'Gadewch hyn i mi,' meddai Jemeima, gan sleifio wrth fôn y gwrych a amgylchynai'r cae. Pan gyrhaeddodd adwy, cododd ar ei thraed a charlamu dan floeddio am y Ffrancod nes bod gwreichion yn tasgu o'r pedolau dan ei chlocsiau wrth iddyn nhw glecian ar gerrig y cae. Yn ei dwylo, roedd clamp o bicwarch.

'*Mon dieu*! Mae'r diafol yn dod amdanom! Rhedwch!'

'Peidiwch â meiddio neu fe sticia i'r picwarch yma yn rhywle na fyddwch chi'n hoffi a fyddwch chi ddim yn gallu eistedd am wythnos wedyn!'

'*Sacre bleu*! Mae'r diafol yn siarad Cymraeg!'

'Ydi, ac wedi gwisgo fel merch!'

'Dewch, dim lol, dwylo lan. Nawr!' meddai Jemeima. A dyna'n union wnaeth y dwsin, yn falch o beidio cael blas y picwarch. Martsiwyd hwy o'r cae ac i Abergwaun i'w cadw'n ddiogel dan glo. Yn wir, roedden nhw'n ddiolchgar iawn am gael drws clöedig rhyngddynt â Jemeima . . .

Ar ôl hyn, aeth Jemeima â'i byddin o ferched ymlaen am Lanwnda a Charreg Wastad. Ar y ffordd, clywsant sŵn yn dod o gyfeiriad beudy ac, wrth gwrs, Jemeima aeth i mewn i weld beth oedd yno. Am rai eiliadau, roedd distawrwydd llethol ac yna bloeddio mawr. Taflwyd drws yr adeilad yn agored a chamodd Jemeima allan . . . hefo Ffrancwr dan bob braich!

'Y bwytawyr malwod felltith hyn oedd yn chwyrnu y tu mewn i'r beudy, a thomen o boteli gwag o'u cwmpas! Ewch â nhw at y lleill. Fyddwn ni fawr o dro yn cael

gwared â'r cwbl fel hyn.'

Bellach, roeddent yn dynesu at bencadlys y Ffrancod yn fferm Trehywel a gwyddai Jemeima a phawb mai hwn oedd rhan peryclaf y fenter. Beth petai'r Ffrancod yn sylweddoli mai twyll oedd y cyfan? Mai criw o Gymry dewr – ond heb un gwn rhyngddynt – oedd yn dod i'w cyfarfod? Ni fyddai ganddynt obaith yn erbyn mil a hanner o filwyr arfog.

'Edrychwch,' meddai Jemeima, 'mae'r llongau ddaeth â hwy yma wedi hwylio ymaith. Maent wedi eu dal fel llygod mewn trap. Os medrwn ni eu perswadio fod clamp o fyddin yn eu hamgylchynu fe fyddant yn meddwl nad oes ganddynt obaith o ennill ac yn sicr o ildio.'

'Beth nesaf felly, Jemeima?'

'Fe osodwn ein hunain yn rhes hir ar draws y penrhyn, rhoi ein picweirch neu bladuriau dros ein hysgwyddau i ymddangos fel gynnau a martsio'n araf dros grib y bryn i olwg Trehywel. Fe fydd Sioni Ffrensh yn sicr o feddwl mai byddin anferth sy'n dod amdano.'

Ac felly y gwnaed, er bod angen dewrder mawr ar ran y merched i fartsio i olwg y Ffrancod a rheini'n symud fel morgrug oddi tanynt . . . O fewn eiliadau, fodd bynnag, roedd yn amlwg fod tric Jemeima wedi llwyddo oherwydd gellid gweld y Ffrancod yn rhuthro yma a thraw mewn panig llwyr.

'Hwre, mae'r cynllun wedi gweithio!'

'Ydi, ond daliwch eich tir,' meddai Jemeima. 'Os arhoswn ni yma, heb fynd yn rhy agos iddyn nhw weld, efallai yr ildian nhw heb ymladd o gwbl!'

Y noson honno, sleifiodd dau o'r Ffrancod drwy linellau'r 'milwyr' oedd yn eu hamgylchynu. Mewn gwirionedd, roedd Jemeima wedi eu gweld yn dod ond gadawodd iddynt fynd gan y tybiai eu bod yn cludo neges yn dweud fod y fyddin Ffrengig am ildio. Mae'n rhyfedd meddwl mai llythyr at Thomas Knox oedd hwn, sef y dyn a wnaeth leiaf i atal y goresgynwyr!

Erbyn hynny, fodd bynnag, roedd milwyr go iawn wedi cyrraedd a hwy wnaeth y trefniadau i'r Ffrancod ildio eu harfau ar draeth Wdig drannoeth. Fe ellwch fentro eu bod hwy wedi synnu fod y Ffrancod wedi ildio heb danio'r un ergyd – ar wahân i saethu'r cloc, wrth gwrs! Ar y llaw arall roedd y Ffrancod yn gandryll pan sylweddolwyd iddynt gael eu twyllo gan Jemeima a 'byddin' o ferched heb wn ar eu cyfyl. Ond roedd hi'n rhy hwyr arnynt bellach ac roedd Jemeima yn arwres i bawb, nid yn unig yn Sir Benfro ond yng Nghymru benbaladr.

* * *

Os ewch chi i ardal Abergwaun a Phencaer heddiw, mae llawer o olion glaniad y Ffrancod yno o hyd. Mae llun un o filwyr drama Thomas Knox ar y wal tu allan i dafarn y *Royal Oak* yn y dref ac ar lan y môr yn Wdig mae maen coffa yn dweud mai yno yr ildiodd y Ffrancod ar Chwefror 24ain, 1797. Mae maen coffa arall ar Garreg Wastad i nodi'r union fan y glanion nhw. Peth arall diddorol iawn yn yr ardal honno hefyd ydi'r cloc wyth niwrnod a saethwyd ym Mrestgarn. Mae o'n dal yno, hefo twll bwled drwy ei gas, ac yn dal i fynd, gan gadw amser yn berffaith! Os ewch chi i fynwent Eglwys y Santes Fair yn Abergwaun, fe welwch chi garreg fedd Jemeima Niclas – ac os byddwch chi eisiau bwyd ar ôl yr holl grwydro, mae yna hyd yn oed Gaffi Jemeima yn y dref! Sgwn i a oes malwod a choesau llyffantod ar y fwydlen?

MAES GWENLLIAN

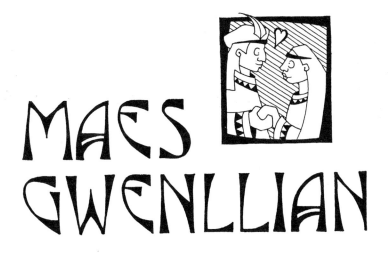

Yng nghysgod Mynydd y Garreg yn Nyfed, heb fod ymhell o dref a chastell Cydweli, mae fferm o'r enw Maes Gwenllian. Mae sawl maes ar y fferm erbyn hyn ond ers talwm un cae mawr oedd yma. Ond pam yr enw tybed? Pwy oedd Gwenllian? A beth oedd mor arbennig am ei maes?

Wel mae stori hynod tu ôl i'r enw, sy'n adrodd hanes Gwenllian, un o ferched dewraf Cymru ond rhaid mynd yn ôl bron i wyth gant a hanner o flynyddoedd i chwilio amdani. Un oedd yn gwybod yr hanes i gyd oedd Rhydderch y Cyfarwydd. Dyna oedd ei waith – adrodd cyfarwyddyd neu straeon difyr yn llys Llywelyn Fawr, Tywysog Cymru.

* * *

Noson oer o Ionawr oedd hi yn Llys Abergwyngregyn yn Arfon ac roedd Llywelyn a'i gyfeillion o bob rhan o Gymru newydd fwyta pryd arbennig o flasus. Cig carw oedd y prif fwyd ar ôl i'r Tywysog a'i ffrindiau, ynghyd â Gelert ei gi ffyddlon, fod yn hela yng nghoedwigoedd Eryri. Bellach eisteddai pawb wrth danllwyth o dân yn neuadd fawr y llys.

'Rhydderch!'

'Ie, fy Nhywysog?'

'Oes gen ti stori i'n diddanu ni heno a byrhau'r oriau nes daw cwsg?'

'Oes fy Arglwydd, a gan fod cymaint o'ch cyfeillion o'r de yma heno fe adroddaf hanes am arwres ddewr o'r rhan hwnnw o Gymru – ond roedd hi'n perthyn i chi Llywelyn.'

'Sut felly? Beth oedd ei henw hi?'

'Gwenllian – ac roedd hi'n ferch i Gruffudd ap Cynan, eich hen-daid, fu'n byw yn y llys hardd yn Aberffraw o'ch blaen.'

Lledodd gwên dros wyneb Llywelyn o glywed sôn am ei hen-daid oherwydd gwyddai lawer o'i hanes yn barod. Eisteddodd yn ôl ar ei orsedd wych, ei law dde yn gorffwys ar ben mawr Gelert. Gallai dyngu fod gwên ar wyneb y ci hefyd, o wybod fod hanes difyr yn eu disgwyl.

'Merch dlos iawn oedd Gwenllian,' meddai Rhydderch. 'Roedd ganddi wallt hir a gyrhaeddai at waelod ei chefn a hwnnw yn aur fel heulwen Mai. Roedd ei chroen fel eira a'i gruddiau fel afalau cochion yr hydref . . . '

Disgrifiodd yr hen gyfarwydd fel yr oedd pawb, o ogledd Môn i Flaenau Gwent wedi syrthio mewn cariad â Gwenllian, Tywysoges Eryri. Yn ei thro syrthiodd hithau mewn cariad â thywysog ifanc, dewr o'r enw Gruffudd ap Rhys, Tywysog y Deheubarth. Pan briodwyd y ddau, unwyd de a gogledd Cymru mewn undod hapus ac roedd y pâr hardd uwchben eu digon.

Aethant i fyw i lys hynafiaid Gruffudd yn Ninefwr, ger Llandeilo, ond doedd eu hapusrwydd ddim i barhau yn hir.

'Na yn wir,' meddai Rhydderch, 'y dyddiau hynny, fel yn awr, roedd gelynion yn troedio tir Cymru, yn chwilio am unrhyw gyfle i'n sathru. Roedd rhaid i Gruffudd a Gwenllian wylio'n gyson rhag rhyw ystryw neu'i gilydd gan y Normaniaid.'

'Eu gelyn mawr oedd dyn o'r enw Maurice de Londres. Cythraul mewn croen oedd hwn. Roedd o'n greulon iawn gyda'i ddynion ei hun, heb sôn am y Cymry ac roedd o wedi codi castell mawr yng Nghydweli, ar dir Gruffudd. Roedd hi'n amlwg i bob dyn a chreadur mai ei nod yn y pen draw oedd dinistrio Gruffudd a chipio ei holl eiddo.'

'Dyn ofnadwy oedd y Maurice yma,' meddai Rhydderch. 'Hanner cyfle oedd o eisiau i gosbi'r Cymry – ac os nad oedd cyfle, roedd o'n creu esgus.'

Aeth ymlaen i sôn am Gronw, clamp o ddyn mawr barfog, cringoch a drigai ar lethrau Mynydd y Garreg, uwchlaw castell Maurice. Gof oedd y gŵr nerthol hwn a phan forthwyliai bedol ar ei engan gellid ei glywed yn canu'n hapus o bellter mawr. Un parod iawn ei gymwynas oedd Gronw ond oherwydd ei fod yn of ac yn gallu gwneud cleddyfau a chyllyll miniog i'r Cymry, anfonodd Maurice griw o filwyr i'w gipio a'i lusgo'n ôl i'r castell yn garcharor. Dyna'r math o ddyn oedd o.

Roedd o'n casáu'r Cymry ac yn chwilio am unrhyw esgus i'w trechu.

'Ac nid yn y Deheubarth yn unig yr oedd y math yma o beth yn digwydd. Ledled Cymru roedd Normaniaid creulon yn anelu at osod y Cymry yn is na baw sawdl. Roedden nhw wedi trechu Lloegr mewn amser byr iawn ond yn methu trechu Cymru,' meddai Rhydderch.

'Na – a dydyn nhw byth wedi llwyddo!' meddai Llywelyn Fawr.

'Na, a wnan nhw ddim chwaith tra byddwn ni byw!' bloeddiodd ei ddynion.

'Yn y diwedd, fe gafodd Cymru ddigon o'r Normaniaid a'u triciau creulon,' meddai'r storïwr. 'Fe gododd Gwynedd a Dyfed fel un dyn yn eu herbyn a dyn dewr – neu wirion iawn! – oedd y Norman a arhosodd yn y rhannau hynny o Gymru yn hytrach na ffoi dros Glawdd Offa.'

'Fe glywodd Gruffudd am yr ymladd a phrysurodd i helpu Gruffudd ap Cynan ei dad-yng-nghyfraith i gael gwared â'r gelyn. Aeth â byddin o ddynion dewraf Ystrad Tywi i'w ganlyn, gan adael Gwenllian a'u dau fab Morgan a Maelgwn i amddiffyn y llys, ynghyd â mintai fechan o filwyr.

'Gobaith Gruffudd ap Rhys oedd dychwelyd i'r Deheubarth gyda lluoedd Gwynedd wrth ei gefn a chicio'r Norman oddi ar ei dir a chwalu'r castell yng Nghydweli unwaith ac am byth. Ond tra'r oedd ef a'i osgordd oddi cartref, glaniodd byddin arall o Normaniaid ar lannau bae Caerfyrddin. Roedd bygythiad Maurice de Londres i diroedd y Cymry yn gryfach nag erioed yn awr – ac yn waeth na'r cyfan, roedd y tywysog a'i filwyr oddi cartref.

'Ond roedd Gwenllian hithau yn dywysoges, wedi arfer arwain ei phobl,' meddai'r chwedleuwr. 'Gruffudd ap Cynan, y gŵr gwyllt, galluog a grymus a ddaeth o'r gorllewin, oedd ei thad wedi'r cyfan. Doedd hi ddim yn mynd i aros yn ei chastell a gwylio'r Normaniaid yn dwyn tiroedd y Cymry.'

Adroddodd Rhydderch fel y casglodd y dywysoges ddewr ei llu bychan ynghyd, gan ei gryfhau â dynion lleol wedi eu harfogi ag unrhyw beth y medrent roi eu dwylo arno – yn gyllyll, gwaywffyn a chleddyfau. Yn amlwg absennol o blith y llu yma roedd Gronw y Gof, a oedd yn dal yn garcharor yn un o gelloedd llaith castell Cydweli, fel sawl Cymro arall.

Wrth weld eu mam yn dangos y fath ddewrder wrth baratoi am ryfel, roedd Morgan a Maelgwn, ei meibion hynaf yn llawn cyffro ac am ymuno yn y fintai.

'Rydw i bron yn ddeuddeg oed,' meddai'r talaf. 'Rydw i gystal â bod yn ddyn o dan y gyfraith Gymreig ac mi fedra i drin cleddyf gystal ag unrhyw un o'r llanciau eraill.'

'Rydw innau'n ddeg ac eisiau dod hefyd,' crefodd y llall.

O weld y tân yn eu llygaid, gwyddai Gwenllian na fedrai eu gwrthod. Roedd amryw yn ei byddin yn fechgyn ifanc gan fod y tadau ymaith ar gyrch rhyfel gyda Gruffudd ei gŵr a doedd hi ddim ond yn deg ei bod yn arwain ei meibion ei hun i'r gad yn ogystal.

'Ewch i nôl eich arfau – a brysiwch!'

Yna, aeth Gwenllian i'r stafell feithrin yn y castell lle roedd Mair y forwyn yn gwarchod ei bechgyn ieuengaf. Ffarweliodd ag Anarawd, Cadell, Maredudd a Rhys, marchogodd ei cheffyl ac arweiniodd y fintai allan o'r muriau gwarchodol.

'Gorymdeithiodd Gwenllian a'i llu o Ddinefwr gyda sawl un yn dymuno'n dda iddi,' meddai'r cyfarwydd. 'Y nod oedd sleifio drwy Goedwig Ystrad Tywi ac ymosod yn ddirybudd ar gastell Maurice. Ymunodd llawer o weithwyr cyffredin y tir â'i byddin wrth iddi gerdded ymlaen gan ddod â chrymanau, picffyrch a phladuriau gyda hwy.'

Cyrhaeddodd y criw dewr o fewn golwg i gaer y gelyn a churai sawl calon yn gyflym wrth feddwl am y frwydr oedd o'u blaen. Er hyn doedd arnyn nhw ddim mymryn o ofn oherwydd gwyddent y byddent yn rhyddhau eu gwlad rhag ei gelynion os cipient y castell.

'Roedden nhw wedi cyrraedd cwm gweddol gul, gyda Mynydd y Garreg yn codi ar yr ochr chwith iddynt ac afon Gwendraeth ar y llaw arall. Aeth Gwenllian a'i dewrion ymlaen yn araf a gofalus ar hyd y cwm. Yn sydyn, seiniodd corn rhyfel o gyfeiriad Mynydd y Garreg . . . '

'Beth oedd wedi digwydd?' gofynnodd un o weision Llywelyn.

'Roedd ysbïwyr Maurice wedi clywed am fwriad Gwenllian ac roedd y Norman creulon wedi ei harwain i drap! O flaen y Cymry, ymddangosodd ugeiniau o farchogion Normanaidd yn eu gwisgoedd dur a phan drodd Gwenllian i weld a oedd modd mynd yn ôl i fyny'r Cwm gwelodd fod mwy o'i gelynion yn dod dros y mynydd y tu ôl iddi.'

'Doedd dim dianc i fod, felly sodrodd y dywysoges ei baner gyda'r Ddraig Goch arni yn naear gwastad gwaelod y cwm a bloeddio 'Dros Gymru! Daliwch eich tir!'

Bu brwydro gwaedlyd iawn ar y maes gwastad y prynhawn hwnnw. O un i un lladdwyd dewrion Gwenllian, gan gynnwys Morgan ei mab wrth iddo arbed bywyd ei fam. Yn y diwedd dim ond rhyw ddyrnaid o Gymry gan gynnwys Maelgwn a Gwenllian ei hun oedd ar ôl yn fyw a daliwyd hwy, gan eu clymu, law a throed. Roedd Gwenllian wedi'i hanafu'n ddrwg yn yr ymladd.

'Waeth i ti heb â'm carcharu ni, Norman!' bloeddiodd Gwenllian, 'bydd Gruffudd a holl wŷr Cymru yn sicr o ddod i'n hachub. Os cyffyrddwch ben bys â mi, bydd fy ngwŷr a'm teulu yn sicr o ddial arnoch!'

'Lledodd gwên gam, greulon ar draws wyneb Maurice,' meddai Rhydderch, 'ond ddywedodd o ddim byd. Yr unig beth wnaeth o oedd tynnu ei gleddyf o'r wain a thorri pen y Dywysoges i ffwrdd o flaen llygaid ei mab, cyn rhoi'r cleddyf i un o'i filwyr er mwyn gwneud yr un peth i Maelgwn.'

Erbyn hyn, roedd dagrau yn cronni yn llygaid Llywelyn a'i gyfeillion wrth feddwl am wraig mor ddewr â Gwenllian yn cael ei thrin mor ffiaidd.

'Beth ddigwyddodd iddyn nhw?' gofynnodd Llywelyn.

'Fe gawsant eu claddu ar faes y gad,' meddai'r storïwr, 'yn y fan lle cawsant eu lladd – ac enw'r lle hyd heddiw ydi Maes Gwenllian.'

Ond doedd Maurice ddim yn fodlon ei fod wedi lladd Gwenllian a'i dilynwyr: roedd am ddysgu gwers i'r Cymry lleol unwaith ac am byth yn ei feddwl ef. Gorchmynnodd beidio claddu pen Gwenllian ond yn hytrach fynd ag ef yn ôl at ei gastell a'i osod ar y drws yn rhybudd erchyll i'r Cymry beth fyddai'n digwydd iddynt os codent yn ei erbyn eto . . .

* * *

Tra oedd hyn i gyd yn digwydd, llwyddodd Gronw'r
Gof i ddianc o gastell Maurice. Gan fod y rhan fwyaf o
filwyr y gaer allan yn y frwydr medrodd y cawr
ddefnyddio ei nerth anhygoel i chwalu drws ei gell a ffoi
mewn gwisg wedi ei dwyn. Anelodd am Goed Dyffryn
Tywi a bu'n cuddio yno nes medru ymuno â byddin
Gruffudd ap Rhys pan ddeuai yn ôl o'r gogledd.

'Yno clywodd gan y Cymry lleol fod ysbryd
Gwenllian yn crwydro maes y frwydr oherwydd sarhad
Maurice,' meddai Rhydderch. Fedrai ei hysbryd ddim
gorwedd mewn hedd tra oedd ei phen ynghlwm wrth
ddrws castell ei gelyn.

Roedd hyn yn boen mawr i'r Cymry. Fel pe na bai colli
eu hannwyl dywysoges yn ddigon, roedd gweld ei
hysbryd yn cael ei boenydio fel hyn yn tywallt halen ar
y briw iddynt.

O'r diwedd, ni fedrai Gronw feddwl am y sarhad yn
parhau'r un noson arall a mentrodd sleifio'n ôl at gastell
Maurice a dod â phen ei dywysoges yn ôl i faes
Gwenllian i'w gladdu gyda'i chorff, er y byddai hynny
wedi golygu cael ei ladd yn y fan a'r lle fel hithau petai
wedi cael ei ddal.

'O'r noson y claddwyd pen Gwenllian ag anrhydedd,
medrodd ei hysbryd orwedd mewn hedd,' meddai
Rhydderch.

'Ond beth am ei gŵr a'i thad?' meddai Llywelyn.
'Beth wnaethon nhw? A fu dial, fel yr addawodd
Gwenllian?'

'O do, fy Arglwydd. Pan glywodd y ddau Gruffudd – y gŵr a'r tad – am yr hyn oedd wedi digwydd i Gwenllian, roedden nhw'n fwy penderfynol nag erioed o gael gwared â Maurice de Londres a'i debyg o Gymru. Fe unodd Cymru oll yn eu herbyn a doedd nemor yr un castell yn ddiogel rhag 'Dial Gwenllian' fel y gelwid yr ymgyrch.'

'Gyda'u cynddaredd yn hogi eu cleddyfau, daeth Gruffudd ap Rhys a'i filwyr yn ôl o Wynedd gyda byddin enfawr Owain Gwynedd, brawd Gwenllian gydag ef. Yn ôl yr hanes, roedd chwe mil o wŷr traed a dwy fil o wŷr meirch wedi uno yn y fyddin hon. Mae'n siŵr bod honno'n olygfa gwerth ei gweld oherwydd anaml y byddai'r Cymry yn ffurfio un fintai fawr – ymosod yn gyflym yn griwiau bychain oedd eu dull arferol o ryfela.

'Chwalwyd castell Aberystwyth ganddynt, er mor gadarn oedd hwnnw, a thri castell Normanaidd arall yng Ngheredigion cyn rhoi cweir iawn i fyddin o dan arweiniad Iarll Caer. Dim ond pum Norman ddihangodd yn fyw o'r frwydr honno.

'Yn ôl â hwy i'r Deheubarth wedyn ac ymuno â Chymry Brycheiniog i ymosod ar Aberteifi. Daeth y Normaniaid â llu anferth i'w hwynebu i'r gogledd o'r dref ond chwalodd y Cymry eu gelynion, gan weiddi 'Maes Gwenllian' wrth ruthro i'r frwydr ac yna eu herlyn yn ôl i lawr y llechweddau i afon Teifi. Collodd miloedd o Normaniaid eu bywydau y diwrnod hwnnw ac ar ôl hynny, doedd dim i atal y Cymry rhag sgubo'r holl estroniaid dros afonydd Tywi a Nedd gan ailfeddiannu tiroedd y Deheubarth unwaith eto. Yn wir, fe gostiodd y brwydro gymaint i Loegr a'r Normaniaid nes y penderfynodd y brenin ei hun y dylid gadael llonydd i Gymru o hyn ymlaen.

'I nodi 'Dial Gwenllian' fe ddaeth Gruffudd ap Cynan ei hun â holl arweinwyr Cymru o Wynedd, Powys, y Deheubarth a Morgannwg i Ystrad Tywi dalu parch i'w ferch a'i dewrder ac i ddathlu'r gweir gafodd eu gelynion.'

'Oedd Gronw yno tybed?' meddai Llywelyn.

'Oedd yn wir fy Nhywysog, ef oedd un o westeion mwyaf anrhydeddus y wledd. Fe barhaodd am ddyddiau lawer ac roedd pawb uwchben eu digon bod y Normaniaid wedi gadael Cymru. Ond roedd peth tristwch hefyd o feddwl mai marwolaeth Gwenllian ddewr oedd achos y cwbl.'

* * *

Os ewch chi i gastell Cydweli heddiw mi welwch gofeb yno i Gwenllian. Ei henw hi sy'n gyfarwydd i bawb, nid

Maurice de Londres greulon. Mae fferm yn y cwm yng nghysgod Mynydd y Garreg a'i henw ydi Maes Gwenllian. Ar un o gaeau'r fferm mae coed uchel yn tyfu – coed a blannwyd gan y Cymry i nodi'r union fan lle cafodd Gwenllian ei lladd. Gerllaw mae cylch o gerrig wedi eu gorchuddio â glaswellt a dyma lle cafodd yr arwres a'i dilynwyr eu claddu . . .

O, ac, un peth arall – nid nepell o'r fan lle safai efail Gronw'r Gof ar fynydd y Garreg mae cawr barfog, cringoch arall yn byw. Ei enw ydi Ray Gravell. Sgwn i os ydi o'n perthyn i Gronw?

CILMYN DROED-DDU

Pan oeddwn i tua'ch oed chi, mi fyddwn i wrth fy modd yn chwarae ar lan afon fach o'r enw afon Gadda. Mi fydden ni'n treulio oriau yn pysgota dwylo am frithyll neu'n codi argae ar ei thraws i gronni'r dŵr. Roeddem ni'n cael llawer o hwyl yno . . . ac yn cael socsan neu draed gwlyb bob tro hefyd! Rŵan, mae yna stori enwog am ddyn gafodd socsan amser maith yn ôl. Enw'r dyn oedd Cilmyn Droed-ddu ac mae stori yn esbonio sut cafodd o'r fath enw anghyffredin. Ers talwm mi fyddai gan bob teulu ei arfbais ei hun, sef llun roedden nhw'n ei baentio ar eu tariannau er mwyn i bawb wybod pwy oedden nhw. Arwydd, neu arfbais, teulu Glynllifon yng Ngwynedd oedd coes ddu, oherwydd eu bod nhw'n perthyn i Cilmyn a dyma'r stori i chi . . .

* * *

99

Ffermwr cyffredin oedd Cilmyn, ac fel ffermwyr pob oes roedd yn ei chael hi'n anodd i gael dau ben llinyn ynghyd. Mewn gwirionedd, ffermio oherwydd bod rhaid iddo a wnâi Cilmyn – hela a physgota oedd ei wir ddiléit.

'Petaet ti'n meddwl mwy am aredig a llai am hela, mi fyddai mwy o raen ar y lle yma,' meddai Gwyneth ei wraig wrtho un amser cinio.

'Ie, ond mae'n bwysig magu diddordeb mewn pethau eraill hefyd,' oedd ateb Cilmyn.

'Hy, petaet ti'n dangos unrhyw ddiddordeb yn dy gaeau ar wahân i chwilio am geiliog ffesant neu sgwarnog i'w ddal arnyn nhw, mi fyddai hynny'n welliant mawr.'

'Ie, cariad,' meddai Cilmyn, gan wybod nad oedd gobaith dadlau â'r teyrn gwraig oedd ganddo.

Ar un ystyr, roedd Gwyneth yn llygad ei lle. Roedd hela a physgota yn bopeth i Cilmyn a'i freuddwyd fawr oedd cael digon o arian fel nad oedd rhaid gwneud dim arall – ac yn sicr ddim gweithio. Ond pa obaith oedd i ffermwr fyw ar ei bres, yn enwedig gyda gwraig fel ei un ef . . .

Yr adeg honno roedd Cymru yn llawn gwrachod a gwŷr hysbys a'r naill yn elynion llwyr i'r llall. Gwneud drwg oedd nod y gwrachod yn gyson a gwneud daioni drwy ddadwneud swynion y gwrachod oedd gwaith y gwŷr hysbys. Diolch byth, roedd gan bob ardal ei gŵr hysbys ei hun ac felly fedrai'r gwrachod byth gael eu ffordd eu hunain yn llwyr.

Ar ôl y ffrae amser cinio, doedd gan Cilmyn fawr o stumog aros yn y tŷ y noson honno yn gwrando ar Gwyneth yn edliw a phregethu. Yn lle hynny, penderfynodd alw yn nhŷ Ednyfed Ddoeth, y gŵr hysbys lleol.

'Roeddwn i'n dy ddisgwyl draw heno,' oedd geiriau cyntaf Ednyfed wrtho pan gerddodd Cilmyn i'w dŷ. O adnabod Ednyfed fe wyddai Cilmyn nad oedd pwrpas gofyn *sut* y gwyddai hynny . . .

Aeth y gŵr hysbys ymlaen. 'Rwyt ti a mi, Cilmyn, yn debyg iawn i'n gilydd.'

'Sut felly, Ednyfed?'

'Mae gan y ddau ohonom ni freuddwyd. Dy freuddwyd di ydi dod yn ddyn cyfoethog a 'mreuddwyd innau ydi medru trechu pob gwrach sydd yn y cyffiniau. Yn wir, mi fedri di wireddu'r ddwy freuddwyd yna, dim ond i ti fod yn ddigon dewr.'

'Tybed?' meddai Cilmyn, nad oedd erioed wedi meddwl amdano'i hun fel dyn dewr.

'Eistedd yn y fan yna ac fe ddyweda i wrthyt ti. Fel y gwyddost ti does dim llawer nad ydw i'n medru ei wneud. Rydw i'n gallu cael gwared ag ysbrydion. Mi fedra i atal y Tylwyth Teg rhag chwarae castiau ar bobl y cylch . . . '

'Ac rydych chi'n gallu canfod lladron a phethau wedi eu dwyn,' ychwanegodd Cilmyn. 'Ydych chi'n cofio dal y gwas hwnnw oedd wedi dwyn holl arian rhent yr Hendre a'i guddio ym môn y clawdd?'

'Ydw, siŵr. Doedd hynny fawr o gamp. Y gwaith anoddaf yn gyson ydi cael y llaw uchaf ar y gwrachod felltith yma.'

'Ond sut fedra i helpu . . . a dod yn gyfoethog?' meddai Cilmyn â'i galon yn ei esgidiau wrth glywed y gair 'gwrachod' oherwydd roedd arno ofn rheiny am ei fywyd.

'Wel, fel hyn y mae hi,' meddai Ednyfed. 'Mae yna griw o wrachod yn byw ar fynyddoedd yr Eifl a nhw sy'n achosi trafferthion i bobl yr ardal yma. Wyt ti'n cofio gwraig Deio Maes Mawr yn methu corddi?'

'Ydw.'

'Wel, gwrachod yr Eifl oedd wedi melltithio'r llefrith. A nhw felltithiodd geffylau Caerloda pan syrthiodd y ddau'n farw adeg y cynhaeaf gwair llynedd.'

'Tawn i'n glem!' meddai Cilmyn. 'Ond sut fedra i eich helpu chi yn erbyn y fath bobol?'

'Fel hyn. Yn ôl pob tebyg mae eu holl swynion a'u misdimanars nhw wedi eu cofnodi mewn llyfr mawr sy'n cael ei gadw dan garreg wen mewn ogof ar gopa ucha'r Eifl. Petawn i'n medru cael gafael ar y llyfr hwnnw mi fyddwn i'n gwybod holl gyfrinachau'r gwrachod. Mi fedrwn i eu trechu nhw wedyn, unwaith ac am byth, a dy wneud dithau'n ddyn cyfoethog.'

'Efallai'n wir,' meddai Cilmyn, 'ond pam nad ewch chi i nôl y llyfr eich hun gan eich bod chi'n gwybod cymaint amdano fo?'

'Mae'r gwrachod yn fy adnabod i ac fe fydden nhw'n sicr o wybod beth oeddwn i'n ceisio'i wneud. Na, yr unig obaith o gael y llyfr ydi i rywun fel chdi sleifio i ben yr Eifl a'i gipio cyn i'r gwrachod sylweddoli beth sy'n digwydd.'

Erbyn hyn, roedd Cilmyn yn dechrau cymryd at y syniad o fod yn arwr – yn enwedig un cyfoethog!

'Pryd fyddai'r adeg orau i fynd?' gofynnodd.

'Unrhyw bryd,' meddai Ednyfed Ddoeth, 'ond fe ddylwn dy rybuddio di na fydd y gwaith yn hawdd. Mae gan y gwrachod fwystfil yn gwarchod y llyfr a bydd yn rhaid i ti ei gipio pan fydd hwnnw'n cysgu.'

'Iawn,' meddai Cilmyn, 'fe ddisgwylia i nes bydda i'n clywed sŵn chwyrnu yn dod o'r ogof cyn mentro ati.'

'Digon teg,' meddai'r gŵr cyfarwydd, 'ond mae un peth arall eto y dylwn dy rybuddio yn ei gylch.'

'Beth ydi hynny eto?' meddai Cilmyn, yn dechrau gwangalonni braidd wrth glywed am yr holl beryglon.

'Bydd yn rhaid i ti groesi afon fechan wrth droed y mynydd. Gofala beidio gwlychu yn hon achos mae'n afon hud ac yn beryglus tu hwnt. Mae unrhyw beth sy'n syrthio iddi yn marw. Dyna pam nad oes yr un pysgodyn ynddi. Y newyddion da fodd bynnag ydi fod gen i geffyl gei di fenthyg all ei neidio'n hawdd ac unwaith y byddi di wedi ei chlirio fe fyddi di'n gwbl ddiogel. Mae'r gwrachod a'r bwystfil ofn yr afon am eu bywyd ac ofn mynd ar ei chyfyl. Beth amdani felly?'

'Rydw i'n gêm,' meddai Cilmyn ar ôl ystyried am eiliad.

'Da iawn chdi,' meddai Ednyfed. 'Mi wnei di ffafr fawr â'r holl gymdogaeth ac fe wna i'n sicr mai ti fydd dyn cyfoethoca'r holl fro.'

Aeth Cilmyn adref am bryd arall o dafod gan Gwyneth ond doedd o'n malio dim. Yn ei ddychymyg gwelai ei hun yn ddyn cyfoethog, yn poeni dim am na hau na medi, dim ond dal eogiaid chwim afon Llyfni . . .

* * *

Drannoeth, cododd Cilmyn yn blygeiniol o gynnar gan ddweud wrth Gwyneth ei fod am fynd i'r farchnad ym Mhwllheli.

'Ond i beth yr ei di i'r fan honno?' meddai hithau. 'Mae Caernarfon yn llawer nes.'

'Meddwl prynu pladur newydd at y cynhaeaf gwair oeddwn i,' meddai yntau. 'Mae dewis gwell ym Mhwllheli ac maen nhw'n rhatach hefyd.'

'Wel o'r diwedd! Rwyt ti'n dechrau meddwl am weithio yn lle llyffanta ar lan yr afon yna'n dragywydd . . . '

Ychydig a wyddai Gwyneth fod Cilmyn wedi penderfynu mynd am yr Eifl i nôl y llyfr i Ednyfed Ddoeth. O ganlyniad, feddyliodd hi ddim byd wrth ei weld yn mynd i gyfeiriad yr Eifl a Phwllheli ar ôl llowcio dau blatiad o uwd – yn hytrach na'r un arferol – a gâi i frecwast.

Ar ôl aros yn nhŷ'r gŵr hysbys i fenthyg ei geffyl aeth yn ei flaen, heibio hen eglwys Clynnog ac am Lanaelhaearn. Bellach roedd ar lepen yr Eifl a gwyddai fod angen gofal mawr o hyn ymlaen.

Y dasg gyntaf oedd clirio'r afon farwol. Ond ble'r oedd honno tybed? Doedd dim rhaid chwilio ymhell fodd bynnag oherwydd gwelai hi'n nadreddu ar draws y llethrau, a'r pridd yn ddu a marw o boptu, heb un dim yn tyfu ar ei glan oherwydd y gwenwyn yn y dŵr. Trawodd ei sodlau yn erbyn ystlysau'r ceffyl a hefo un llam gosgeiddig roedd wedi clirio'r afon.

Ond beth am y gwrachod? Penderfynodd ei bod yn well mynd yn ei flaen ar ei ddwy droed ei hun bellach a chlymodd y ceffyl wrth goeden i aros iddo ddychwelyd hefo'r llyfr hud.

Doedd ond newydd orffen gwneud hyn pan glywodd chwerthin gwallgo a lleisiau cras yn adrodd rhigwm y tu ôl i lwyni ar y dde . . .

'Hywel Goch Pen y Bythod,
Crwydro y byddo am oesoedd lawer;
Ac ym mhob cam, camfa;
Ym mhob camfa, torri asgwrn;
Nid yr asgwrn mwyaf na'r lleiaf,
Ond asgwrn chwil corn ei wddw bob tro.'

Roedd y gwrachod yn melltithio cymydog Cilmyn. Doedd dim eiliad i'w cholli bellach. Roedd yn rhaid cael y llyfr hud yn ôl i Ednyfed cyn i'r giwed yma andwyo Hywel Goch!

Sleifiodd heibio'r gymanfa felltigedig yn y llwyn a chamu'n fras am lethrau'r Eifl. Gwyddai Cilmyn ei fod yn gymharol ddiogel yn awr nes cyrraedd yr ogof ger y copa a'r bwystfil oedd yn gwarchod y llyfr.

Bu'n llafurio i fyny'r llethrau am hydoedd ac fel y deuai cerrig y pigyn uchaf yn nes teimlai yntau'n fwy a mwy ofnus. Beth petai'r bwystfil yn ei weld? Byddai wedi darfod arno wedyn!

Uwch ei ben, gwelai geg ogof fawr. Dyma'r ogof lle'r oedd y llyfr cyfrin – ond ble'r oedd y bwystfil rheibus oedd yn ei warchod? Doedd dim golwg ohono yn unman. Aeth Cilmyn ar ei gwrcwd tu ôl i garreg fawr a chlustfeiniodd. I ddechrau, yr unig beth a glywai oedd sŵn ei galon yn curo fel drwm ac ofnai y byddai'r bwystfil yn clywed – ond yna clywodd sŵn arall . . . sŵn anadlu dwfn ac yna chwyrnu swnllyd yn dod o gyfeiriad yr ogof. Roedd y gwarchodwr yn cysgu'n sownd.

Sleifiodd Cilmyn i'r ogof gan aros am funud neu ddau i'w lygaid gynefino â'r tywyllwch. Teimlai ofn yn cnoi ei stumog wrth i arogl ffiaidd daro ei ffroenau. Beth bynnag arall am y bwystfil, roedd yn drewi fel ffwlbart. Yna, gwelodd ef yn cysgu yn y gornel a bu bron iddo floeddio gan ofn. Roedd y bwystfil yn anferth – o leiaf ddwywaith cyn daled â'r dyn talaf welsai erioed – ac roedd wedi ei orchuddio â blew browngoch, hir o'i gorun i'w sawdl. Y peth gwaethaf amdano, fodd bynnag oedd y dannedd hir a welid rhwng y blew a orchuddiai ei wyneb. Yn ei law roedd coes buwch wedi hanner ei chnoi . . . Beth wnâi o i fymryn o ffermwr petai o'n ei ddal yn ei ffau yn ceisio dwyn y llyfr hud?

Ond ble'r oedd y llyfr? Doedd dim golwg ohono yn unman. Gwyddai Cilmyn fod carreg wen yn ei guddio ac yn sydyn gwelodd hi a bu ond y dim iddo â rhoi'r ffidil yn y to. Roedd crafanc y bwystfil yn pwyso arni!

Gan ddal ei wynt a gobeithio'r gorau, cododd Cilmyn y llaw flewog oddi ar y garreg ac er i'r bwystfil stwyrian ychydig wnaeth o ddim deffro. Y gamp nesaf oedd symud y garreg heb wneud sŵn ac unwaith eto, llwyddodd Cilmyn i wneud hynny er ei bod yn globen drom. Bellach medrai weld clawr y llyfr hud yn disgleirio yn y twll o dan y garreg. Sylweddolodd fod y cloriau wedi eu gwneud o aur a bod meini gwerthfawr a pherlau wedi eu gosod ynddo.

Ond nid rŵan oedd yr adeg i edmygu'r llyfr. Plygodd i lawr a'i godi – a chlywodd lais mawr y tu ôl iddo . . .

'Beth wyt ti'n feddwl wyt ti'n ei wneud?'

Roedd y bwystfil wedi deffro! Beth wnâi Cilmyn yn awr? Safai'r cawr blewog rhyngddo ef a cheg yr ogof.

'Estyn y llyfr yma i'm cyfaill yn y fan acw – ynte Ednyfed Ddoeth?' meddai Cilmyn, gan edrych tua'r fynedfa.

Trodd y bwystfil i edrych a'r eiliad honno carlamodd

ein harwr heibio iddo, a'r llyfr dan ei gesail. Ras wyllt oedd hi bellach, a'r ddau ohonynt yn drybowndian i lawr llethrau'r Eifl, a'r bwystfil yn bloeddio nerth esgyrn ei ben.

'Wrachod, wrachod, stopiwch o! Mae o wedi dwyn y llyfr hud!'

'Cau dy hen geg!' meddai Cilmyn, gan stopio'n stond . . . fodfeddi oddi wrth ymyl dibyn mawr. Gan fod y cawr blewog yn carlamu'n ddifeddwl y tu ôl iddo, methodd â stopio a syrthiodd bendramwnwgl i'r gwaelod . . .

'Cael heibio'r gwrachod a chyrraedd y ceffyl fydd y gamp nesaf,' meddai Cilmyn wrtho'i hun. Ar y gair gwelodd dyrfa ohonynt, pob un yn gwisgo du a het bigfain am ei phen. Roedd un yn tywys ei geffyl felly doedd dim gobaith dianc ar gefn hwnnw.

'Cilmyn, tyrd â'r llyfr i mi ac fe gei dithau fynd adre'n ddiogel ar dy geffyl,' meddai'r wrach a ddaliai ffrwyn y ceffyl.

'Hy!' meddai Cilmyn wrtho'i hun, 'fy unig obaith bellach ydi rhedeg am fy mywyd am yr afon gan obeithio na ddaw'r gwrachod ar fy ôl.'

A dyna'n union wnaeth o. Mi redodd am ei fywyd, a'r gwrachod ar ei warthaf. Ble'r oedd yr afon? Clywai hwy'n ei felltithio wrth garlamu ar ei ôl ac yntau'n teimlo'i hun yn arafu wrth gario'r llyfr mawr **hud**. Ond doedd wiw meddwl am arafu bellach. Byddai'n ddigon amdano pe gwnâi hynny, ac yntau eisoes yn teimlo ewinedd melyn y gwrachod yn crafu ei wegil wrth geisio'i atal . . .

'Beth rŵan Cilmyn?' sgrechiodd un ohonynt. 'Does gen ti ddim ceffyl bellach ac os syrthi di i'r afon fe fyddi farw.'

'Yn union,' meddai Cilmyn wrtho'i hun. 'Beth wnaf i?'

Yn y bôn, doedd ganddo fawr o ddewis. Roedd rhaid neidio gan fod y gwrachod yn benderfynol o'i erlid at ymyl torlan ddu yr afon. Gan redeg fel na wnaeth erioed o'r blaen, llamodd i'r awyr uwchben yr afon wenwynig gan anelu am y lan arall a diogelwch. Glaniodd ei droed dde'n ddiogel ond oherwydd pwysau'r llyfr hud, llithrodd ei goes chwith i'r dŵr hyd y penglin ac er iddo'i thynnu allan yn syth, teimlai hi'n mynd yn ddiffrwyth yn y fan a'r lle.

'Melltith arnat ti, Cilmyn!' bloeddiodd y gwrachod fel côr o gathod o ochr arall yr afon.

'Gwaeddwch chi beth hoffwch chi,' meddai yntau, 'ond bydd eich dyddiau melltithio a rheibio chi ar ben unwaith y caiff Ednyfed Ddoeth afael ar y llyfr yma.' A gan chwifio'r llyfr yn llawen o'u blaenau, cychwynnodd gerdded yn herciog yn ei ôl am adref.

* * *

Fe allwch ddychmygu'r croeso gafodd Cilmyn gan Ednyfed ac o fewn dim roedd o wedi defnyddio'r llyfr hud i ddifa pob tric a chast ar ran y gwrachod. Roedd o wedi addo y byddai Cilmyn yn ddyn cyfoethog os doi â'r llyfr yn ôl yn ddiogel – a dyna'n union ddigwyddodd. Yr hyn wnaeth Ednyfed oedd rhoi'r cloriau aur a'r meini gwerthfawr i Cilmyn. Bellach roedd yn ddyn cyfoethog iawn a chododd blasdy iddo ef a Gwyneth. Plasdy Glynllifon oedd hwn ac er ei bod yn byw mewn crandrwydd bellach, roedd yn dal i gwyno fod Cilmyn yn treulio gormod o amser ar lan yr afon!

Ond beth ddigwyddodd i goes Cilmyn meddech chithau? Wel, er yr holl gyfrinachau ddysgodd Ednyfed yn y llyfr hud, fedrodd o ddim gwella coes ei gyfaill. Bu'n gloff am weddill ei oes ac o'r eiliad y llithrodd i ddŵr yr afon, roedd ei goes chwith yn ddu fel glo. Dyna sut y cafodd o'r ffugenw Cilmyn Droed-ddu a dyna pam mai llun ei goes ddu sydd ar arfbais teulu Glynllifon byth ers hynny.

BEUNO

Wyddoch chi beth ydi pererinion? Pobl oedd yn arfer mynd i ymweld â llefydd sanctaidd oedden nhw. Yn aml iawn roedd y llefydd hyn, megis Jeriwsalem neu Rufain yn bell i ffwrdd ac yn golygu taith hir ac anodd. Yn wir, ar adegau roedd y daith yn beryglus iawn a chollodd sawl pererin ei fywyd cyn cyrraedd pen y daith. Yr adeg honno, nid neidio ar yr awyren agosaf wnaech chi ond teithio dros dir a môr am wythnosau lawer, gan groesi mynyddoedd uchel ac anialwch sych.

Roedd dau le arbennig yng Nghymru yn denu pererinion a'r ddau le hwnnw oedd . . . Stadiwm y Mileniwm a Pharc y Strade. Naci siŵr! Y ddau le oedd Tyddewi yn Sir Benfro, man geni Dewi Sant ac Ynys Enlli yn y gogledd, lle claddwyd ugain mil o saint yn ôl yr hanes.

Byddai cannoedd lawer yn cyrchu i'r ddau le bob

blwyddyn er mwyn gweld y rhyfeddodau oedd yno. Petaech chi'n byw saith ganrif yn ôl, ddyweden ni, mae'n debyg mai ar daith gerdded i Dyddewi i weld esgyrn Dewi Sant yr aech chi ar eich gwyliau. Byddai pawb yn cerdded i'r ddau le ar hyd yr un ffordd, sef Llwybr y Pererinion, gan ymweld â phethau diddorol a phwysig ar y ffordd.

Petaech chi'n mynd am Ynys Enlli doedd wiw peidio aros ym mhentref Clynnog neu Glynnog Fawr yn Arfon fel y bydden nhw'n galw'r lle ers talwm. Sant o'r enw Beuno roddodd Clynnog ar y map. Yn wir, cyn Beuno doedd dim byd ond tir gwyllt a choed yno. Roedd Beuno yn berson arbennig iawn a'i hanes ef gawn ni nesaf . . .

* * *

Fel llawer o'n saint cynnar ni, gallai Beuno fod wedi bod yn dywysog cyfoethog oherwydd roedd ei dad yn dywysog ym Morgannwg. Ar y pryd, roedd llawer o ymladd rhwng y Cymry a'r Saeson a doedd Beuno ddim yn hoffi hyn. Credai ef y dylai pobl fyw yn heddychlon gyda'i gilydd ac felly, ar ôl cael addysg dda penderfynodd adael sblander y llys a mynd yn fynach tlawd.

Am gyfnod bu'n byw yn Aberriw, heb fod ymhell o'r ffin â Lloegr ond bu'n rhaid iddo ffoi pan ymosododd y Saeson ar y fro er mwyn ceisio dwyn tir y Cymry. Ciliodd Beuno i Sir Fflint, i le sy'n dwyn yr enw Treffynnon bellach. Yn wir, Beuno oedd yn gyfrifol am roi ei enw i'r lle mewn ffordd.

Yn yr un ardal roedd merch ifanc o'r enw Gwenfrewi ac roedd hithau, fel Beuno, yn ceisio perswadio pobl i fyw yn well. Yn rhyfedd iawn, roedd Beuno yn ewythr iddi a gan eu bod ill dau yn gwneud yr un math o waith, roedd y ddau yn bennaf ffrindiau.

Un diwrnod poeth, roedd Beuno wrthi'n palu yng ngardd y fynachlog lle'r oedd yn byw pan glywodd weiddi mawr.

'Beth ar wyneb y ddaear sy'n digwydd?' gofynnodd i fynach arall o'r enw Twrog.

'Wn i ddim wir,' oedd ateb hwnnw, 'ond fe allwn daeru mai arnat ti maen nhw'n gweiddi.'

'Beuno! Beuno!' Roedd y gweiddi'n dod yn nes. 'Beuno! Tyrd ar unwaith, mae rhywbeth ofnadwy wedi digwydd!'

O'r diwedd gwelodd Beuno pwy oedd yn galw arno, sef Gwenan, un o'r merched oedd yn helpu Gwenfrewi hefo'i gwaith.

'Beth sydd Gwenan?'

'Maen nhw wedi lladd Gwenfrewi!'

'Beth?'

'Fe ymosododd Caradog a'i ddynion arni pan aeth i'w wersyll i geisio ei gael i fyw yn well. Mae o wedi torri pen Gwenfrewi i ffwrdd! O Beuno, beth wnawn ni?'

Gwyddai Beuno yn y fan a'r lle beth oedd o'n mynd i'w wneud. Aeth at wersyll Caradog ar ei union, lle gwelodd hwnnw a'i ddynion yn llechu fel cŵn lladd defaid. Roedd yn amlwg eu bod yn gwybod iddynt wneud peth drwg iawn. Er hyn, ddywedodd Beuno yr un gair wrthynt, dim ond mynd at gorff Gwenfrewi a orweddai ar lawr ble cafodd ei tharo. Gorffwysai ei phen lathenni lawer i ffwrdd ar ôl rowlio ymaith.

Cariodd Beuno y pen yn ofalus at gorff Gwenfrewi, a'i ddal yn dynn wrth ei hysgwyddau. Caeodd ei lygaid a gweddïo iddi ddod o farw'n fyw a'r eiliad nesaf dyna ddigwyddodd. Roedd Beuno wedi cyflawni ei wyrth gyntaf. Ac nid dyna'r olaf y diwrnod hwnnw chwaith.

'Edrychwch!' meddai Twrog, 'mae ffynnon wedi tarddu yn y fan lle'r oedd pen Gwenfrewi!'

'Oes,' meddai Beuno, 'ac mae'r dŵr yna'n ddŵr arbennig iawn sy'n gallu gwella pob math o afiechydon.'

Wnaeth Gwenfrewi ddim aros yn hir yn yr ardal ar ôl hyn ond mae'r ffynnon yn dal yno. Tyfodd tre fechan o'i chwmpas a'r enw roddwyd arni, yn naturiol, oedd Treffynnon. Mae'r dŵr yn dal yn bur ac yn gallu gwella pobl. Yn wir, mae'n eitha tebyg os ewch chi yno y gwelwch chi faglau wrth ymyl y ffynnon a rheiny wedi eu gadael yno gan bobl oedd yn methu cerdded nes ymdrochi yn y dŵr.

* * *

Nid arhosodd Beuno yn hir iawn yn Nhreffynnon ar ôl hyn chwaith. Roedd wedi gwylltio'n gacwn hefo Caradog a'i deulu ac fel rhybudd i bobl eraill beidio gwneud yr un peth, cawsant afiechyd ofnadwy nad oedd modd ei wella ond drwy yfed dŵr Ffynnon Gwenffrewi.

Bellach gwyddai pawb am Beuno a'i wyrth ac roedd yn awyddus i ganfod rhywle mwy tawel i fyw. Penderfynodd symud i Wynedd.

Rŵan, os ydyn ni eisiau symud i fyw, yr hyn wnawn ni ydi prynu tŷ newydd. Ond beth wnewch chi os ydych chi'n fynach tlawd fel Beuno? Doedd dim amdani ond mynd at Cadwallon, tywysog Gwynedd, i ofyn am dir i godi mynachlog newydd. A dyna wnaeth o.

'Beuno, mae'n dda gennyf dy gyfarfod,' meddai'r tywysog wrtho ar ôl iddo gyrraedd y llys yn Aberffraw. 'Beth wyt ti eisiau?'

'Tir mewn man tawel i godi mynachlog,' meddai yntau.

'Mae gen i'r union le i ti' oedd yr ateb. 'Lle bach o'r enw Gwredog ar lan afon Gwyrfai, mewn cwm coediog, braf.'

'Mae'n swnio'n berffaith,' meddai Beuno. 'Diolch yn fawr i ti.'

'Croeso'n tad. Ti biau Gwredog bellach.'

Ac i ffwrdd â Beuno am dir yr addewid, a Twrog wrth ei ochr.

Ar ôl cyrraedd Gwredog dechreuodd Beuno a'i gyfeillion godi mynachlog. Fodd bynnag, cyn sicred ag y byddai'r gwaith adeiladu yn cychwyn yn y bore deuai mam ifanc i edrych arnynt, hefo baban yn ei breichiau. Cyn gynted ag y gwelai hwnnw'r gweithwyr yn torchi eu llewys, dechreuai weiddi crïo.

Wedi wythnos o hyn, roedd Beuno a'r lleill wedi cael hen ddigon – wedi'r cwbl, mae pen draw i amynedd sant hyd yn oed!

'Beth sy'n bod ar y babi yna sydd gennych chi?' meddai wrth y fam. 'Does dim dichon gweithio yma. Mae'n codi cur mawr yn fy mhen i, yn gweryru a nadu fel y mae o!'

'Gweryru a nadu fuaset tithau hefyd petai rhywun wedi dwyn dy dir di,' meddai'r wraig ifanc.

'Ond fy nhir i ydi hwn,' meddai Beuno. 'Fe'i cefais i o gan Cadwallon ei hun.'

'Hy! Dim ei dir o oedd o i'w roi' oedd yr ateb swta i hynny.

Pan ofynnodd y sant 'Sut felly?' cafodd glywed mai eiddo tad y baban wylofus oedd y tir ond ar ôl iddo gael ei ladd cipiwyd ef gan Cadwallon yn hytrach na gadael i'r bychan ei gael. A dyna pam yr oedd yn crïo wrth gwrs.

Wel, roedd tymer ddrwg ar Beuno'n awr! Cerddodd bob cam yn ôl i Aberffraw a dweud wrth y brenin beth oedd ei farn am dwyllwyr fel ef cyn troi ar ei sawdl a gadael y llys ar ei hyll.

Roedd yn dal i fytheirio yn erbyn y tywysog pan glywodd sŵn carnau ceffyl y tu ôl iddo.

'Beuno! Beuno! Aros! Gwyddaint ydi fy enw i. Rydw i'n gefnder i'r tywysog ac mae gen i gywilydd o'r hyn wnaeth o. Mae *gen* i dir gei di a does dim twyll y tro yma.'

'Diolch, Gwyddaint. Ymhle mae o?'

'Yng Nghlynnog, ar lan y môr.'

'Perffaith! Gall y mynaich bysgota'r môr a thrin y tir felly. Bendith arnat ti Gwyddaint.'

Ysgydwodd y ddau law ar y fargen ac i nodi'r fan, tarodd y sant arwydd y groes ar garreg gerllaw. Ddefnyddiodd o na chŷn na morthwyl – dim ond ei fawd!

A dyna sut y daeth Beuno i fyw i Glynnog. Gyda llaw, mae'r garreg hefo arwydd y groes arni wedi ei symud i'r eglwys bellach ac os ewch chi yno, gallwch ei gweld. Yn ddiddorol iawn nid dyma ddiwedd hanes Gwredog chwaith. Tyfodd pentre bach yno, heb fod ymhell o bentref Waunfawr yn awr. O'r fan honno, yn ôl yr hanes, y cipiwyd Padrig, nawdd sant Iwerddon gan fôr-ladron – ond stori arall ydi honno . . . !

* * *

Cyn hir roedd y fynachlog, neu'r clas fel y gelwid ef, yng Nghlynnog yn barod a phawb yn gweithio'n galed. A doedd neb a weithiai'n galetach na Beuno. Cododd gored neu drap arbennig yn y môr i ddal pysgod i'w bwyta ac mae olion Cored Beuno i'w gweld ar lan y môr hyd heddiw.

Magwyd anifeiliaid o bob math ar y tir hefyd ac roedd marc arbennig ar bob un. Gelwid y marc yn Nod Beuno i ddangos mai ef oedd pïau nhw. Hyd yn oed ganrifoedd yn ddiweddarach, ymhell ar ôl marwolaeth y sant, credid fod anifeiliaid yn dal i gael eu geni yng Nghlynnog hefo Nod Beuno arnynt. Pan ddigwyddai hynny, fe werthid y creadur gan roi'r arian mewn cist bren fawr drom a fu'n eiddo i'r sant, sef Cyff Beuno. Mae honno hefyd yn dal yn yr eglwys.

Yn ôl pob sôn arferai Beuno fynd draw i Ynys Môn yn eitha rheolaidd i bregethu. Cerddai yno ar hyd ffordd neu sarn arbennig a oedd uwchlaw wyneb y dŵr. Yr enw arni oedd Sarn Beuno. Roedd yn cerdded ar ei hyd un diwrnod pan ollyngodd lyfr gwerthfawr i'r môr. Cyn iddo suddo am byth fodd bynnag cipiwyd ef i fyny gan gylfinir a'i ollwng yn ddiogel wrth draed y Sant. Yn dâl am hyn, dywedodd Beuno:

'Diogel fydd dy nyth
Ac anodd fydd dy saethu.'

Ac ers hynny, mae nyth y gylfinir yn un o'r rhai anoddaf i'w ddarganfod. Erbyn hyn mae Sarn Beuno wedi suddo dan donnau'r môr, er ei bod wedi ei marcio ar ambell hen fap.

* * *

Bob nos ar ôl swper, arferai Beuno fynd allan o'r fynachlog i weddïo'n dawel ar ei ben ei hun. Mynnai nad oedd neb yn mynd ar ei gyfyl.

Un noson fodd bynnag, dilynodd un o'r mynaich ef, gan weld mai am lepen yr Eifl yr oedd yn mynd. Yno mewn man cysgodol, syrthiodd Beuno ar ei liniau a dechrau gweddïo.

Teimlai'r mynach anufudd yn eithaf cas â dweud y gwir. Gwyddai ei fod wedi torri un o reolau'r fynachlog ond chafodd o fawr o gyfle i edifarhau . . . Yn sydyn rhuthrodd haid o fleiddiaid ffyrnig arno a'i ddarnio.

Clywodd Beuno y sgrechfeydd a'r chwyrnu mwyaf erchyll yn dod o'r coed y tu ôl iddo a heb ystyried y perygl o gwbl aeth i weld beth oedd wedi digwydd. Erbyn hynny, roedd yn rhy hwyr. Roedd y bleiddiaid wedi ffoi wrth glywed y sant yn nesau gan adael y mynach yn ddarnau gwaedlyd ar lawr.

Gwaith anghynnes iawn gafodd Beuno wedyn, sef hel y darnau at ei gilydd er mwyn ceisio atgyfodi'r mynach druan. Cyn bo hir roedd wedi cael popeth ynghyd ar wahân i un peth, sef ael neu dalcen y truan. Doedd dim golwg o hwnnw yn unman. Beth oedd Beuno i'w wneud? Fedrai o ddim atgyfodi'r mynach o farw'n fyw hefo twll mawr yn ei ben!

Yn sydyn sylwodd fod ffural haearn ar waelod ei ffon, er mwyn ei hatal rhag gwisgo. Tynnodd hi i ffwrdd a gweld ei bod yn ffitio i'r twll yn berffaith.

Dyma sut y cafodd y mynach enw newydd ar ôl ei atgyfodi, sef Aelhaearn. Yn ddiweddarach fe gododd eglwys ger y fan lle'r ymosododd y bleiddiaid arno ac

mae Llanaelhaearn, y pentref a dyfodd o gwmpas yr eglwys, yn dal i arddel ei enw.

* * *

Bu pethau'n dawel yn y fynachlog yng Nghlynnog am flynyddoedd lawer wedi hyn. Câi gwaith y fynachlog ei wneud gan y mynaich ac roedd yn lle bendigedig i fyw i'r rheiny a hoffai fywyd o'r fath.

Roedd Beuno wrth ei fodd yno a doedd dim gofyn iddo gyflawni gormod o wyrthiau, gan fod y bobl leol yn gwrando am yr hyn oedd ganddo i'w ddweud bellach. O ganlyniad medrodd fynd ymlaen â'i waith a sefydlu sawl eglwys yng ngogledd Cymru yn hytrach na gorfod atgyfodi pobl o farw'n fyw.

Erbyn hyn, roedd yn hen a musgrell iawn a phenderfynodd fynd ar daith i weld ei holl ffrindiau cyn marw. Llwyddodd i wneud hynny oherwydd ar ôl gweld ei gyfeillion olaf ym Meddgelert bu farw'r sant.

Gredech chi fod hyn wedi achosi ffrae? Roedd pobl dda Beddgelert am i Beuno gael ei gladdu yno, tra roedd pobl Ynys Enlli am iddo fod yr ugeinfed-mil-ac-un sant i gael ei gladdu yno . . . tra roedd mynaich Clynnog am weld eu sefydlydd yn gorffwys am byth yn yr eglwys yno. Sut oedd torri'r ddadl? Wel, fel hyn y bu pethau . . .

Aeth holl fynaich Clynnog draw am Feddgelert i gludo corff Beuno adref ac yn wir cychwynnwyd ar y daith. Lwyddon nhw ddim i gyrraedd y fynachlog y noson honno fodd bynnag, a bu'n rhaid aros dros nos mewn lle o'r enw Ynys yr Arch.

Gan fod pobl Beddgelert ac Enlli hefyd yn cydgerdded gyda hwy, gan ddal i ddadlau yn y gobaith o gael yr anrhydedd o gladdu Beuno, medrwch ddychmygu'r lle oedd yn Ynys yr Arch drannoeth pan welwyd fod *tair* arch yno. Roedd Beuno druan wedi cyflawni gwyrth arall a sicrhau nad oedd neb yn cael ei siomi!

Er hyn, dywed pobl Clynnog mai yno y claddwyd Beuno mewn gwirionedd. Mae capel bach yn rhan o eglwys y pentref ac yno y cafodd y sant ei gladdu. Ei enw ydi Capel y Bedd.

* * *

Mae un lle arall yng Nghlynnog gafodd ei enwi ar ôl Beuno, sef Ffynnon Beuno. Arferai'r hen bererinion gymryd ychydig o'r dŵr ac yna gweddïo yn yr eglwys am daith ddiogel i Enlli.

Tan yn weddol ddiweddar credai llawer fod y dŵr yma hefyd yn gallu gwella sawl afiechyd, ac fel yn achos

Ffynnon Gwenffrewi gwelid baglau a ffyn a adawyd yno gan bobl gafodd iachâd.

Erbyn hyn mae Oes y Pererinion wedi hen fynd heibio ond mae eglwys Clynnog werth ei gweld o hyd – petai ond i weld yr efail arbennig sydd yno i fynd â chŵn gwallgo allan . . . ac i weld yr holl bethau sydd yn gysylltiedig â Beuno yno wrth gwrs.

TYWYSYDD CLAWDD OFFA

Rydan ni'n aml yn sôn am bobl sydd wedi mynd i Loegr i fyw fel rhai sydd wedi mynd 'dros Glawdd Offa'. Brenin o Sais a oedd yn byw ganrifoedd lawer yn ôl oedd Offa. Ar y pryd roedd y Cymry yn ddraenen yn ei ystlys ef a'i bobl, gan ddwyn eu hanifeiliaid ac ati. Er mwyn ein cadw ni Gymry allan o Loegr, fe gododd Offa glawdd neu wal uchel bob cam o'r de i'r gogledd ar hyd ffin y ddwy wlad. A dyna pryd y cychwynnodd yr ymadrodd.

Erbyn hyn, mae llwybr cyhoeddus yn dilyn y clawdd bob cam am ragor na chant wyth deg o filltiroedd o Fôr Hafren yn y de at Fae Lerpwl yn y gogledd. Mae'n daith anodd gan fod y Clawdd yn mynd i fyny bryniau ac i lawr dyffrynnoedd y ffin ac mae darnau mynyddig a diarffordd iawn, yn enwedig yn y de, yn ardal y Mynyddoedd Duon. Dydi o ddim yn lle i fynd ar goll
. . .

* * *

Dros y canrifoedd roedd y Cymry wedi symud i fyw o boptu Clawdd Offa, yn enwedig felly yn ardal y Mynyddoedd Duon. Yn eu plith roedd hynafiaid Rhisiart Siencyn. Roedden nhw wedi cartrefu ym Mhen y Lan ar Fynydd Merddin. Er yr enwau Cymraeg, mae Mynydd Merddin yn Lloegr ond cadwai'r teulu gysylltiad clos â chyfeillion dros y ffin yng Nghymru.

Amser cinio ar ddiwrnod gwyntog ac oer ym mis Ionawr oedd hi.

'Mali,' meddai Rhisiart wrth ei wraig, 'rydw i am fynd drosodd i weld Hywel Nant y Carnau wedyn.'

'Taw wir,' meddai hithau. 'I beth yr ei di mor bell ar y fath dywydd. Edrych – does dim golwg rhy dda arni ac mae niwl ar y Clawdd. Gorffen dy datws llaeth ac anghofia am fynd i Nant Hodni heddiw, bendith tad i ti.'

'Mali fach, paid â mynd i gwrdd â gofidiau. Mae gan Hywel lyfr ar hanes abaty Llanddewi ac mae wedi addo ei werthu i mi.'

'Ti â dy hanes! Aros tan y Sadwrn nesaf. Efallai y bydd y tywydd yn well erbyn hynny.'

'Na, Mali, mae'n rhaid i mi fynd heddiw neu bydd rhywun arall wedi cael ei bump ar y llyfr. Dydi cyfle fel hyn ddim yn codi'n aml. Fe fydda i'n ôl heno ac, wrth gwrs, fe af i â'r lantern gorn hefo fi er mwyn cael golau ar y ffordd yn ôl. Paid â phoeni wir. Rydw i'n mynd am y Nant a dyna ddiwedd arni.'

Ac felly fu. Gwisgodd Rhisiart gôt gynnes amdano a tharo hen sach dros ei war er mwyn cadw'r oerfel allan a chyn pen dim roedd yn camu'n dalog i gyfeiriad Clawdd Offa a Chymru.

Brasgamodd i lawr ei gaeau i gyfeiriad yr afon islaw. Afon Mynwy oedd hon ac o fewn dim roedd wedi ei chroesi ger Pont Clydach. Bellach roedd y tir yn codi eto – yn raddol i ddechrau i gyfeiriad Pen Rhiwiau ac yna'n serth tua chrib fynyddig y Rhiw Arw a'r ffin. Gwyddai fod olion y clawdd a godwyd gan Offa yr holl gannoedd o flynyddoedd hynny ynghynt uwch ei ben, ond roedd y grib yn dal i wisgo cap trwchus o niwl. 'Tae waeth, beth oedd mymryn o niwl i rywun fel Rhisiart, a oedd yn adnabod yr ardal fel cefn ei law . . .

Caeodd y niwl amdano fel wadin gwlyb ond gwyddai Rhisiart i'r dim pa ffordd i fynd a chyn bo hir roedd yn croesi gweddillion y Clawdd a'i ffos ddofn gan anelu at i lawr, i gyfeiriad Tŷ Isaf a gweddillion abaty hardd Llanddewi Nant Hodni. Erbyn hynny roedd yn wlyb at ei groen ond beth oedd ots – onid oedd trysor o lyfr yn ei aros gan ei ffrind Hywel yn Nant y Carnau?

* * *

'Dere at y tân Rhisiart bach! Rydw i'n siŵr dy fod di bron â sythu ar ôl croesi'r mynydd ar y fath ddiwrnod,' meddai Hywel Wyn pan welodd pwy oedd wedi curo ar y drws.

'Diolch i ti Hywel, mae hi wedi oeri braidd yn ystod yr awr ddiwethaf,' meddai Rhisiart gan dynnu'r sach wlyb oddi ar ei war a diosg ei gôt.

O fewn dim amser, roedd dysglaid o gawl berwedig yn ei law ar ôl i Alis, gwraig Hywel, ei godi o'r crochan a ffrwtiai ferwi uwchlaw'r tân mawn.

Roedd blas da ar y cawl ond roedd blas gwell ar y sgwrs gan fod Rhisiart a Hywel wedi gwirioni ar hanesion a thraddodiadau'r ardal . . .

'Dydw i ddim eisiau tarfu ar eich sgwrs,' meddai Alis ymhen rhai oriau, 'ond mae hi'n dechrau tywyllu. Hoffech chi aros yma gyda ni heno Rhisiart?'

'Cato pawb! Na, dim diolch Alis, roeddwn i wedi anghofio popeth am yr amser – ond mae'n rhaid i mi fynd adref. Rydw i wedi addo wrth Mali y byddaf i adref heno ac fe fydd yn poeni ei henaid os na chadwaf i at fy ngair.'

Gan ei fod ef a Hywel wedi hen daro bargen am y llyfr, lapiodd Rhisiart ef yn ofalus i'w gadw rhag gwlychu a'i gadw ym mhoced tu mewn ei got. Cynheuodd y gannwyll yn ei lantern gorn a gyda 'Nos da! A diolch eto am y llyfr' cychwynnodd yn ei ôl yn llawen ar ei daith hir yn ôl am Ben y Lan.

Erbyn hyn, fodd bynnag, roedd y gwynt yn codi ac ymhell cyn cyrraedd Tŷ Isaf roedd yn bygwth diffodd golau egwan y gannwyll yn y llusern a ddangosai'r ffordd iddo. Yn waeth byth, roedd y niwl bellach yn is ac yn fwy trwchus byth. Dal ymlaen i gerdded wnaeth Rhisiart fodd bynnag. Roedd yn rhaid cyrraedd adref at Mali cyn ei bod yn dechrau poeni, doed a ddelo . . . Bellach roedd y tir yn codi'n serth a gwyddai ei fod yn tynnu at y grib eto. Fodd bynnag roedd y gwynt bellach fel peth byw ac yn sydyn diffoddodd y gannwyll. Roedd yn dywyll fel y fagddu a doedd dim modd ailgynnau'r lantern yn y fath ddrycin. Roedd rhaid dal i fynd am i fyny yn y niwl a'r tywyllwch!

Prin hanner dwsin o gamau gymerodd Rhisiart cyn baglu a chan fod y llethr mor serth, syrthiodd am gryn bellter gan dorri'r lantern yn chwilfriw. Cododd yn araf. O leiaf doedd o ddim wedi torri braich na choes . . . Ond

ble'r oedd y llwybr? Ai ar y dde? Ai ar y chwith? Gwyddai ei fod uwchben yn rhywle – ond ymhle yn union? Gan deimlo ei galon yn curo fel drwm, sylweddolodd Rhisiart ei fod ar goll yn y niwl a'r tywyllwch . . .

Roedd yn oer, unig ac ar fin digalonni pan welodd olau egwan. Roedd rhywun yn dod i fyny drwy'r niwl tuag ato, gan aros ar y llwybr uwchben, fel petai i aros amdano! Gan sicrhau fod y llyfr gwerthfawr yn dal yn ddiogel yn ei boced cododd Rhisiart yn ansad ar ei draed a brysio i fyny at y golau, orau medrai.

Fel y dynesai, gwelai mai dyn tal tua'r un oed ag ef, mewn dillad tywyll braidd yn hen ffasiwn oedd yn aros amdano ar y llwybr. Yng ngolau'r lantern gwelai fod ganddo graith egr ar ei dalcen – ond roedd ganddo wyneb caredig.

'Diolch o galon i chi gyfaill' meddai Rhisiart. 'Roeddwn i'n meddwl yn siŵr y byddwn i'n gorfod aros allan drwy'r nos yn y storm yma. Rhisiart Siencyn ydi'r enw.'

Ddywedodd y dieithryn yr un gair fodd bynnag, dim ond ailgychwyn cerdded i fyny'r llethr a Rhisiart yn gwneud ei orau i'w ddilyn. Meddyliai fod ei ymddygiad braidd yn od ond wedyn, efallai mai eisiau cyrraedd gartref cyn ei bod yn berfeddion yr oedd yntau hefyd.

Brysiodd Siencyn yn ei flaen gan geisio dal y dyn tawel i weld tybed a fedrai gerdded wrth ei ochr a thynnu sgwrs. Ond y peth od oedd, dim ots pa mor galed y cerddai, roedd y dieithryn yn dal rai llathenni o'i flaen. 'Tae waeth, roedd yn ôl ar y llwybr ac yn mynd i gyfeiriad Clawdd Offa eto diolch byth.

Ar ôl cerdded caled am beth amser teimlai Siencyn y

tir yn lefelu dan ei draed a gwyddai ei fod ar y grib unwaith eto. Er hyn doedd dim posib dal y dieithryn a oedd bellach yn brasgamu yn nannedd y gwynt am y Clawdd ac i gyfeiriad y Rhiw Arw. Roedd yn well iddo wneud siâp arni neu byddai'r niwl wedi cau amdano eto.

I lawr y Rhiw Arw â nhw ar garlam, ond er hynny ceisiodd Siencyn dynnu sgwrs unwaith eto . . .

'Syr! Rydw i'n byw yr ochr yma i'r Clawdd, ar Fynydd Merddin ond dydw i ddim yn eich hadnabod. A gaf i o leiaf wybod eich enw?'

Ond ddywedodd y gŵr dieithr yr un gair eto, dim ond pydru mynd i lawr o flaen Rhisiart nes bod ei lantern yn bygwth pylu'n ddim yn y niwl rhyngddynt.

'Arhoswch amdana i!' bloeddiodd Rhisiart a phlymio ar ei ôl i'r niwl, gan obeithio na fyddai'n disgyn eto.

Yn sydyn, sylweddolodd ei fod yn gallu gweld goleuadau oddi tano. Roedd allan o'r niwl ac er ei bod yn dal yn dywyll, gallai weld yn union pa ffordd y dylai fynd i gyrraedd adref yn ddiogel dros afon Mynwy ac yn ôl i Ben y Lan.

Trodd i weld ble'r oedd y gŵr dieithr â'r lantern er mwyn diolch iddo ond doedd dim golwg ohono.

'Ble'r aeth o tybed?' meddyliodd Rhisiart wrtho'i hun. 'Efallai ei fod o wedi mynd i gyfeiriad Cwm Olchon ond peth rhyfedd na fyddwn i'n medru gweld ei olau yn mynd am yno hefyd. 'Tae waeth, diolch amdano, mi fydda i gartre mewn tua hanner awr nawr.'

* * *

Cafodd Rhisiart groeso mawr gan Mali y noson honno er

iddi gwyno digon ar ôl hynny ei fod yn treulio llawer gormod o amser â'i drwyn yn ei lyfr newydd yn lle gweithio!

O dro i dro, meddyliai Rhisiart am y ddihangfa glos a gawsai ar y mynydd a mor hawdd fyddai iddo fod wedi rhewi'n gelain y noson honno oni bai am y dieithryn a'i lantern. Holodd sawl un o'i gymdogion pwy oedd o ond wyddai neb ddim o'i hanes, fwy nag y gwyddai pobl Cwm Olchon, er mai i'r cyfeiriad hwnnw y tybiai i'r dieithryn tawel fynd.

Chafodd o ddim ateb i'r dirgelwch tan y mis Mai canlynol pan ddychwelodd i ochrau Llanddewi Nant Hodni a galw heibio Hywel Nant y Carnau.

'Dywed eto sut ddyn oedd o, Rhisiart,' meddai hwnnw.

'Dyn tal, at fy oed i, mewn dillad tywyll, braidd yn hen ffasiwn.'

'Ie, ie ond disgrifia'r graith ar ei dalcen.'

'Wel roedd honno'n graith egr iawn, yn ôl a gofiaf i, er bod ganddo wyneb caredig. Ond ches i ddim amser i fanylu gormod – fe aeth o fel gafr ar daranau o 'mlaen i wedyn ac wrth gwrs welais i ddim golwg ohono fo ar ôl dod allan o'r niwl.

'Eistedd i lawr Rhisiart.'

'Pam?'

'Wyddost ti pwy oedd dy dywysydd di ar y mynydd?'

'Na wn i.'

'Ednyfed ap Caradog.'

Ond mae hynny'n amhosib – fe fu farw flynyddoedd yn ôl.'

Efallai'n wir – ond roedd ganddo graith ar ei dalcen ar

ôl cael cic gan un o geffylau Dôl Alis pan yn blentyn ac fe fu farw ar y mynydd un noson oer wrth geisio croesi drosodd i Gwm Olchon.'

Aeth ias oer i lawr cefn Rhisiart wrth wrando ar eiriau nesaf Hywel.

'Ymhle'n union ddiflannodd y tywysydd?'

'Ar y Rhiw Arw.'

'Dyna'r union fan lle cawson nhw hyd i gorff Ednyfed druan wedi rhewi i farwobaeth. Ysbryd dyn fu farw hanner canrif yn ôl wnaeth dy dywys di o'r niwl Rhisiart Siencyn . . . !'

EINION AC ANGHARAD

Yn llysoedd tywysogion Cymru ers talwm, yn ogystal â storïwr roedd bardd bob amser. Eu gwaith oedd sôn am hen arwyr y gorffennol, adrodd straeon difyr a sgrifennu cerddi o bob math. Un o'r enwocaf o'r beirdd oedd Meilir ac ef oedd bardd llys Aberffraw bron i naw can mlynedd yn ôl. Roedd y tywysog, Gruffudd ap Cynan, yn meddwl y byd ohono a rhoddodd dir a thŷ hardd iddo, sef Trefeilir ar Ynys Môn.

Ar ôl i Meilir farw, daeth ei fab, Gwalchmai ap Meilir, yn fardd llys Aberffraw. Unwaith eto, roedd y tywysog wedi ei blesio'n fawr a chafodd yntau dir a chyfoeth, sef Trewalchmai. Erbyn hyn, mae pentref Gwalchmai ar Ynys Môn yn cadw ei enw.

Fel petai hyn i gyd ddim yn ddigon, roedd gan Gwalchmai yntau fab enwog hefyd. Einion oedd ei enw . . . ie, dyna chi, Einion ap Gwalchmai. Ac oedd, roedd yntau hefyd yn fardd enwog. Roedd yn byw yn hen gartref ei daid, sef Trefeilir a dyna fan cychwyn stori ddifyr. Hoffech chi ei chlywed hi?

* * *

Roedd Einion yn ddyn cyfoethog iawn gan ei fod wedi cael llawer o dir ar ôl ei dad a'i daid. Roedd hefyd wedi priodi merch un o wŷr pwysicaf Gwynedd. Ei henw oedd Angharad a'i thad hi oedd Ednyfed Fychan, sef distain Gwynedd. Gwaith distain oedd bod yn brif weinidog i'r tywysog ac felly gallwch fentro pa mor bwysig oedd ei waith.

Un diwrnod roedd Einion wedi mynd i hela ceirw mewn coedwig ger ei gartref gan fod gwledd fawr i'w chynnal yno y noson honno. Roedd Ednyfed Fychan yn cael ei ben-blwydd ac Einion wedi ei wahodd i Drefeilir i ddathlu.

Mae'n siŵr na fuoch chi erioed yn hela ceirw. Wel, mae'n waith sy'n gofyn am gryn amynedd, gan fod yn rhaid sleifio'n ddistaw bach at y carw. Wrth bod hwnnw yn anifail mor swil, gall hynny gymryd oriau. Ta waeth, roedd Einion wedi mynd yn eitha dwfn i'r goedwig pan welodd symudiad rhwng y coed. Yn araf bach, aeth ar ei gwrcwd a heb wneud smic o sŵn, estynnodd ei fwa saeth ac anelu at y fan. Ai carw oedd yno? Roedd ar fin gollwng y saeth farwol . . . pan welodd mai merch oedd yno! Nid merch gyffredin oedd hi chwaith, ond un o'r genethod tlysaf welsai Einion erioed.

'Pwy ydych chi?' gofynnodd Einion.

'Dim ots beth yw fy enw.'

'Ond fe fu bron i mi eich lladd chi! Does gennych chi

ddim hawl i fod yma.'

'Dim hawl? Tybed?' meddai'r ferch, gan edrych ym myw llygaid Einion gan wneud iddo deimlo'n wan fel cath fach.

Roedd rhywbeth hudolus iawn yn ei golwg, yn enwedig ei llygaid gleision, dyfnion. Teimlai ei hun yn cochi wrth edrych arni a throdd ei olygon at y llawr. A dyna pryd y sylwodd . . .

'Ond beth?' meddai hithau, a'i llais fel mêl.

'Ond carnau sydd gennych chi, nid traed!'

Sylweddolodd Einion nad merch mohoni ond math o ellyll aflan.

'Efallai'n wir,' meddai'r ellyll, 'ond rwyt ti yn fy ngafael am byth bellach. O hyn ymlaen rhaid i ti wneud yn union fel yr ydw i'n dweud.'

'Gawn ni weld am hynny yr hen chwaer!' meddai Einion. 'Rydw i'n mynd oddi yma'n awr.'

'Dos 'te,' oedd yr ateb didaro – a dyna pryd y sylweddolodd Einion ei fod wedi ei witshio ac na fedrai symud na llaw na throed heb ganiatâd yr ellyll.

'Fel y gweli, Einion ap Gwalchmai,' meddai'r "ferch", 'fedri di ddim mynd i unman o hyn ymlaen heb i mi ddweud – ac rydw i'n mynd â thi ymaith y funud yma.'

'Does gen i fawr o ddewis, nac oes,' meddai Einion druan. 'Ond caniatâ un peth i mi.'

'Beth yw hynny?'

'Gad i mi fynd adref i ddweud ffarwel wrth Angharad a'm mab bach.'

Crechwenodd yr ellyll. 'Iawn, y ffŵl calon feddal. Ond cofia di hyn. Fe fydda i wrth dy ochr drwy'r amser. Galli di fy ngweld ond fedr neb arall, felly waeth i ti heb â meddwl am geisio dianc.'

Ac felly fu. Cerddodd Einion yn ôl at y tŷ yn benisel a mynd yn syth at Angharad.

'Angharad annwyl' meddai, 'rwyf newydd gael neges frys gan y tywysog ei hun, yn gorchymyn i mi fynd i Lychlyn a gwledydd y gogledd.' Tybiai y byddai esgus fel hyn yn lleddfu peth ar boen ei wraig.

'Ond i beth, Einion?'

'Mae hynny'n fater cyfrinachol na allaf ei drafod hyd yn oed â thi,' meddai Einion, gan weld yr ellyll yn gwenu'n slei, er na welai Angharad ddim o'i le, wrth gwrs.

'Pryd wyt ti i fod i fynd?'

'Yn syth bin, mae arnaf i ofn. Ffarwel, Angharad!'

'Ond beth am ddillad cynnes ac ati?'

'Bydd y tywysog yn gofalu am hynny.'

'Wel wir, chlywais i mo'r fath beth erioed. Pryd fyddi di'n ôl?'

'Wn i ddim,' meddai Einion yn drist, gan edrych ar yr ellyll carniog.

Erbyn hyn roedd Angharad yn ei dagrau. Tynnodd ei modrwy briodas oddi am ei bys gan orchymyn i un o'r gweision ei thorri yn ei hanner.

'Cymer di un hanner ac fe gadwaf innau'r llall,' meddai Angharad. 'Pryd bynnag y byddi'n dychwelyd gallwn uno'r fodrwy a thra byddi di i ffwrdd bydd hanner bob un gennym i gofio am y naill a'r llall.'

Pan glywodd yr ellyll hyn, gwelodd Einion ef yn poeri'n fochynaidd ar lawr cyn gwneud ystum arno bod yn rhaid gadael ar unwaith.

'Mae'n rhaid i mi fynd Angharad,' meddai Einion a gadawodd ei gartref a phawb yn eu dagrau. Er nad oedd yntau eisiau mynd, doedd ganddo ddim dewis.

* * *

Gymaint oedd nerth y swyn arno fel nad oedd gan Einion ddim syniad ble'r aeth yr ellyll ag ef. Yn wir aeth dyddiau – wythnosau – blynyddoedd hyd yn oed heibio ac yntau heb fod fymryn callach o'r hyn oedd yn digwydd iddo. Yr unig beth a wyddai oedd fod yr ellyll wrth ei ymyl drwy'r amser.

Yr unig beth arall yr oedd yn ymwybodol ohono oedd yr hanner modrwy a gafodd gan Angharad. Un diwrnod, meddyliodd am ffordd o geisio torri'r swyn, sef drwy roi'r tamaid modrwy yn ei lygad! Meddyliwch peth mor boenus fyddai hynny, ond roedd Einion yn fodlon gwneud unrhyw beth i gael dychwelyd at Angharad a'i fab bach.

Roedd wrthi'n ceisio magu plwc i sodro'r tamaid aur dan ei amrant pan welodd farchog hardd ar glamp o geffyl gwyn. Roedd y marchog wedi ei wisgo mewn gwyn o'i gorun i'w sawdl.

'Ddyn annwyl, beth ar wyneb y ddaear wyt ti'n ceisio ei wneud? Bydd yn ofalus neu fe golli di dy lygad.'

'Ceisio gweld Angharad eto ydw i,' meddai Einion druan, ac adroddodd yr hanes i gyd.

'Os felly,' meddai'r Marchog Gwyn, 'rho'r tamaid modrwy yn ôl yn dy boced a thyrd y tu ôl i mi ar gefn y ceffyl.'

Gwnaeth Einion hynny ac am y tro cyntaf ers hydoedd, doedd dim golwg o'r ellyll.

'Cymer y ffon hud hon yn dy law,' meddai'r Marchog. 'Gwna ddymuniad yn awr,' meddai'r Marchog, 'ac fe gei di weld pwy bynnag a ddymuni.'

Ar y gair, pwy ymddangosodd ond yr ellyll ac am y

tro cyntaf gwelodd Einion greadur mor ofnadwy oedd wedi ei hudo. Yn hytrach na gwraig ifanc hardd yr hyn a welai oedd bwystfil erchyll gyda chyrn yn tyfu o'i dalcen ac yn hytrach na gwallt, roedd nadroedd gwenwynig yn hisian a sglefrio o gwmpas ei ben. Roedd ganddo ddannedd fel siarc a chynffon hir fel rhaff. Bloeddiodd Einion mewn dychryn ar ôl gweld y fath hylltra.

Roedd yr ellyll yn carlamu yn nes ac yn nes amdanynt. Ond fel yr oedd ei grafangau miniog ar fin cipio Einion oddi ar y ceffyl, taflodd y Marchog ei glogyn gwyn drosto.

Digwyddodd peth rhyfedd iawn wedyn. Un eiliad roedd Einion ar fin cael ei ddal eto gan yr ellyll . . . a'r eiliad nesaf roedd yn ei ôl ar dir Trefeilir! Wrth gwrs, wedi'r holl amser oddi yno, prin yr oedd yn adnabod neb oedd yno. Yn sicr doedden nhw ddim yn ei adnabod ef oherwydd dros y blynyddoedd roedd ei farf a'i wallt wedi tyfu'n llaes ac edrychai fel dyn gwyllt o'r coed, hefo rhyw fath o ffon wen ryfedd yn ei law . . .

* * *

Tra'r oedd Einion ar yr antur enbyd hon, roedd llawer wedi digwydd i Angharad hithau. Ar y dechrau doedd hi ddim yn gwybod beth i'w wneud heb Einion ond yn fuan iawn gwelodd fod yn rhaid dal ati, gan fyw mewn gobaith y deuai neges gan Einion. Y peth od iddi hi, wrth gwrs, oedd na wyddai ei thad, Ednyfed Fychan, ddim am y daith yr anfonodd y tywysog ei fab-yng-nghyfraith arni, er mai ef oedd y prif weinidog. Fodd bynnag, cysurai Angharad ei hun ei bod yn hollol gyfrinachol ac felly doedd neb, gan gynnwys ei thad, i fod i wybod dim.

Yn raddol, aeth yr wythnosau yn fisoedd ac yn flynyddoedd a dim sill wedi ei dderbyn gan Einion. Yn ddistaw bach roedd Angharad yn dechrau meddwl bod rhywbeth wedi digwydd i'w gŵr. Cadarnhawyd hynny un diwrnod pan gyrhaeddodd gŵr bonheddig Drefeilir a rhoi'r llythyr canlynol iddi.

Llys Aberffraw

Annwyl Angharad,

Newyddion drwg sydd gennyf mae arnaf ofn. Naw mlynedd yn ôl anfonais Einion ar neges gyfrinachol i Lychlyn a Gwledydd y Gogledd. Tri mis oedd y daith i fod i gymryd ond er na chlywais ddim ganddo, gwrthodais gredu fod dim wedi digwydd iddo.

Yn anffodus rwyf newydd dderbyn neges gan un arall o'm dynion a anfonais i holi ei hynt yn dweud fod Einion druan wedi ei ladd gan fy ngelynion naw mlynedd yn ôl.

Mae'n ddrwg gen i am hyn,

LLYWELYN AP IORWERTH – TYWYSOG GWYNEDD

Am fod sêl y tywysog ar y llythyr a'r dyn a'i cludodd yn edrych mor barchus, derbyniodd Angharad ei gynnwys. A dweud y gwir, ar ôl yr holl flynyddoedd doedd hi ddim yn synnu.

Ond fe wyddon ni nad oedd Einion wedi marw – felly pam bod y Tywysog wedi sgrifennu'r fath lythyr? Wel, llythyr ffug oedd o – a ffug oedd y gŵr bonheddig hefyd! Yr ellyll oedd hwn eto, wedi newid ei siâp i dwyllo Angharad y tro yma.

'Mae'n ddrwg gen i gludo'r fath neges atoch chi foneddiges,' meddai'r cenau drwg. 'A dweud y gwir, fi oedd y dyn anfonodd y tywysog i Lychlyn i weld beth oedd hanes Einion. Gallaf eich sicrhau iddo farw'n ddewr iawn,' meddai, yn uwd o gelwyddau.

Gwnaeth esgus i aros yn Nhrefeilir y noson honno ac yn wir cymaint yr oedd Angharad yn hoffi ei gwmni, perswadiodd ef i aros am wythnos. Dyma'r union beth yr oedd yr ellyll ei eisiau wrth gwrs ac o fewn rhai dyddiau roedd wedi bwrw swyn ar Angharad hithau, fel Einion o'i blaen. Yn wahanol iddo ef, fodd bynnag, welodd hi mo'i draed carniog a bu'n ddigon diniwed i dderbyn ei gynnig i'w briodi o fewn rhai dyddiau, gan ei bod yn wraig weddw bellach. Roedd wedi credu ei stori fod ganddo blasdy hardd, yn llawn gweision yn cludo llestri aur.

Penderfynodd ar ddiwrnod y briodas a chychwyn ar y trefniadau. Gwnaed gwisg o'r sidan drutaf i Angharad. Cafwyd bwyd a diod o bedwar ban byd. Talwyd i'r cerddorion gorau ddod i Drefeilir i ddiddanu'r gwesteion. Yn syml, gwnaed trefniadau i gael y briodas grandiaf welwyd ar Ynys Môn y tu allan i Lys Aberffraw.

Roedd popeth yn barod ar y diwrnod mawr pan welodd darpar ŵr Angharad – sef yr ellyll – delyn hardd yn ei stafell. Aeth ati a cheisio ei chanu, ond yn ofer. Ceisiodd gelu ei dymer ddrwg o fethu a galwodd ar y cerddorion i geisio gwneud – ond yn ofer eto. Ar hynny daeth Angharad heibio.

'O, waeth i chi heb â chyboli hefo honna,' meddai. 'Yr unig un a oedd yn ei deall oedd Einion. Fedrodd neb

140

arall gael yr un nodyn swynol ohoni erioed.'

'Hy! Dyna ddigon o sôn am hwnnw,' meddai'r ellyll. 'Unwaith y byddwn wedi cael cinio fe gawn fynd am yr eglwys ac wedyn *fi* fydd dy ŵr di.'

Cyn i Angharad gael cyfle i ateb, dyma gnoc ar y drws ac arweiniodd un o'r gweision ddieithryn atynt.

'Mae'r dyn yma'n gofyn am waith o unrhyw fath, foneddiges,' meddai.

Edrychodd Angharad yn graff ar y dyn. Roedd ei ddillad yn fudr a charpiog, ei wallt a'i farf yn hongian yn gaglau blêr. Edrychai fel hen ŵr a fu ar dramp ers blynyddoedd. Er hyn, oherwydd ei bod yn garedig o ran natur, dywedodd wrtho am fynd at y cogydd i helpu hefo'r paratoadau cinio a'r wledd briodas.

'Diolch, foneddiges' meddai mewn llais gwantan, cyn troi am y gegin.

Yn ei law roedd ganddo ffon wen, hynod . . . Ie, dyna chi, Einion oedd o ond wnaeth Angharad mo'i adnabod gan ei fod wedi newid cymaint. Ddywedodd yntau'r un gair, dim ond mynd i'r gegin i baratoi saig ar ôl saig ar gyfer y cinio a'r neithior.

Pan oedd y cinio'n barod helpodd Einion i gludo'r bwyd i'r stafell fwyta. Yno sylwodd ar y cerddorion yn dal i fustachu hefo'r delyn, ond unwaith eto ddywedodd o'r un gair. Yn lle hynny cerddodd at yr offeryn, ei gyweirio, a chanu un o'i hoff alawon. Roedd pawb wedi eu syfrdanu, yn enwedig Angharad. Edrychodd yn graff arno.

'Pwy wyt ti?' meddai Angharad.

'Einion, dy ŵr,' meddai yntau. Distawodd pawb ar unwaith a syllu'n syn ar y dieithryn . . . a neb yn fwy nag Angharad, a gredai ei fod wedi marw ers naw mlynedd.

'Edrych Angharad,' meddai, gan dynnu'r hanner modrwy o'i boced. 'Ble mae dy hanner di?'

'Dyma fo,' meddai hithau, gan ei dynnu o'i phoced hithau. Wrth gwrs, roedd y ddau hanner yn asio'n berffaith.

'Ond fe ges i lythyr gan y Tywysog yn dweud dy fod wedi cael dy ladd!' meddai Angharad.

'Pwy ddaeth ag ef i ti?' meddai Einion. 'Ai'r dyn acw?' meddai gan bwyntio'r ffon wen hud at yr ellyll.

'Ie.'

'Cymer y ffon hon yn dy law,' meddai Einion, 'ac yna edrych arno.'

'Aaaaaaaaaa!' sgrechiodd Angharad cyn syrthio i lewyg. Roedd hithau wedi gweld yr ellyll yn ei holl erchylltra . . .

* * *

Pan ddaeth Angharad ati ei hun, doedd dim golwg o neb ond Einion.

'Ble mae pawb Einion bach?'

'Maen nhw wedi mynd,' meddai yntau.

Ond ble mae'r bwystfil ofnadwy yna?'

'O, arhosodd o ddim yn hir ar ôl i tithau ei weld am yr hyn ydoedd. Yn wir, pan drewais i ef gyda'r ffon hud fe ddiflannodd mewn pêl o dân. Yr unig beth oedd ar ôl oedd arogl drwg!'

O'r munud hwnnw bu Einion ac Angharad yn byw yn hapus, ac yn fwy na pharod i anghofio am yr ellyll ofnadwy oedd wedi eu twyllo gyhyd.

MAELGWN GWYNEDD

Peth od ydi enw ynte? Heb enw fyddai neb yn medru galw arnon ni i gael bwyd, na'r postman yn medru dod â chardiau pen-blwydd i ni – na'r athrawes yn medru dweud y drefn wrthon ni yn yr ysgol! Na, pethau digon od ond hynod o bwysig ydi enwau. Mae stori y tu ôl i sawl enw. Er enghraifft, os oes Non yn eich dosbarth chi, fe gafodd ei henwi ar ôl mam Dewi Sant. Mae Owain wedyn yn enw ar sawl arwr yn ein hanes ni, gan gynnwys y mwyaf un, sef Owain Glyndŵr. Dyna i chi Myrddin wedyn – dewin y Brenin Arthur oedd yr un gwreiddiol, felly fe ddylai pob un â'r enw yna fedru gwneud triciau!

Enw sy'n eitha anghyffredin erbyn hyn ydi Maelgwn. Sgwn i ydych chi'n adnabod bachgen o'r enw yna? Os ydych chi, fe allwch ddweud wrtho ei fod wedi ei enwi ar ôl un o hen dywysogion Gwynedd a bod nifer o storïau difyr amdano fo. Dyma'r hanes . . .

* * *

Cafodd Maelgwn ei eni tua mil a hanner o flynyddoedd yn ôl a'r adeg honno roedd pethau rhyfedd iawn yn digwydd yng Ngwynedd, fel mewn sawl rhan arall o Gymru. Cadwallon oedd enw ei dad ac roedd yn dywysog Gwynedd. Tyfodd Maelgwn yn lanc ifanc tal tu hwnt ac yn un hynod o ddewr. Doedd ofn neb na dim arno. Oherwydd ei fod mor dal, ei ffugenw cyn dod yn dywysog Gwynedd ar ôl ei dad oedd Maelgwn Hir.

Roedd yn fachgen galluog iawn ac oherwydd hyn fe'i anfonwyd i ysgol enwog Illtyd Sant ym Mro Morgannwg. Rhan o fynachlog a sefydlwyd gan Illtyd oedd yr ysgol yma ac erbyn heddiw mae tref Llanilltyd Fawr wedi tyfu o'i chwmpas. Yr adeg honno, fodd bynnag, dim ond mynachlog oedd yno ac roedd Maelgwn yn torri ei fol eisiau mynd adref – ac nid am ei fod yn fabi-mam chwaith. Er bod digon yn ei ben, dysgu ymladd a hela oedd o eisiau'i wneud, nid dysgu darllen a sgrifennu Lladin! Ysai Maelgwn am fynd yn ôl i Wynedd i hela dreigiau a bleiddiaid yn y mynyddoedd a threchu unrhyw elyn a fygythiai ei dir. Ond fel pob disgybl ysgol ym mhob oes, bu'n rhaid mynd i'r ysgol bob dydd nes bod pob arholiad drosodd ac yna cafodd ei draed yn rhydd.

Doedd dyddiau dysgu Maelgwn ddim wedi darfod o bell ffordd chwaith oherwydd bellach roedd rhaid iddo ddysgu bod yn dywysog en mwyn dilyn ei dad. Fodd bynnag, wnaeth hyn mo'i atal rhag cael llawer o hwyl a sawl antur. Yr adeg yma roedd dreigiau a gwiberod anferth – sef bwystfil rhwng neidr a draig – yn bla a bu Maelgwn mewn sawl picil wrth eu hela. Un digon byrbwyll oedd o ac wyddai o ddim beth oedd ofn. Efallai mai dyna pam y daeth drwy bob antur yn groeniach!

* * *

Erbyn hyn, roedd Maelgwn wedi tyfu'n ddyn ifanc a galwodd ei dad, Cadwallon, arno un diwrnod.

'Maelgwn, mae'n hen bryd i ti gael gwraig.'

'Ond i beth? Rydw i'n llawer rhy brysur i feddwl am briodi a rhyw lol felly!'

'Lol wir! Mae'n bwysig i dywysog gael gwraig ac rydw i wedi canfod un i ti.'

'Beth? Pwy ydi hi?'

'Nest ydi ei henw hi a hi ydi'r ferch dlysaf yng Nghymru oll.'

O'r eiliad y clywodd enw Nest, a chyn iddo ei gweld erioed, daeth newid rhyfedd dros Maelgwn. Yn hytrach na marchogaeth y bryniau yn chwilio am fwystfilod rheibus i'w herio, roedd yn sefyllian o gwmpas y llys, heb wybod beth i'w wneud ag ef ei hun. Roedd y creadur mewn cariad! Yn ffodus iawn i Maelgwn, roedd yr un peth yn union wedi digwydd i Nest a chyn bo hir priodwyd y ddau.

Roedd Nest yn hoff iawn o nofio ac er ei bod yn dywysoges bellach, codai'n blygeiniol bob bore a mynd am y traeth o'r llys yn Neganwy. Boed haf neu aeaf, hindda neu ddrycin, byddai Nest yn mynd i nofio.

Un bore roedd y gwynt yn chwythu'n gryf iawn a thonnau mawr fel ceffylau gwynion yn carlamu am y traeth. Er hyn, aeth Nest i nofio yn ôl ei harfer. Pan ddychwelodd i'r lan ymhen hir a hwyr, fodd bynnag, sylweddolodd fod rhywbeth o'i le. Roedd un o'r tonnau geirwon wedi cipio ei modrwy briodas oddi ar ei bys!

'Beth wnaf i'n awr?' meddai Nest wrthi ei hun. 'Modrwy Tywysogesau Gwynedd ydi hi. Fe fydd Maelgwn yn gandryll oherwydd mae hi'n hen a gwerthfawr iawn ond bydd rhaid i mi ddweud wrtho.'

Roedd mewn cyfyng gyngor yn awr. Yna, cofiodd am ffrind iddi, a gŵr oedd yn adnabod Maelgwn yn dda hefyd, sef Asaff. Erbyn hyn roedd yn ddyn pwysig yn yr eglwys ac yn Esgob Llanelwy.

'Efallai y medr Asaff fy helpu,' meddai Nest. 'Fe anfonaf lythyr ato yn dweud beth sydd wedi digwydd a gofyn beth ddylwn wneud.'

Anfonodd negesydd ar geffyl cyflymaf Llys Deganwy i gludo llythyr yn adrodd yr hanes i'r esgob a'r prynhawn hwnnw daeth ateb.

Llys yr Esgob,
Amser cinio.

Annwyl Nest,

Diolch am y llythyr. Roedd yn braf clywed gennyt eto a gweld nad wyt ti wedi anghofio am dy hen ffrindiau er dy fod yn dywysoges erbyn hyn.

Paid â phoeni dim am y fodrwy. Os y doi di a Maelgwn draw am damaid o swper nos fory bydd popeth yn iawn. Fydd saith o'r gloch yn iawn tybed?

Hwyl am y tro, Asaff.

O.N. Mae'n ddrwg gen i am y staen ŵy ar y papur. Rydw i'n bwyta fy nghinio wrth sgrifennu hyn.

Y noson honno a thrwy'r bore drannoeth roedd Nest ar bigau'r drain. Bob tro y gwelai Maelgwn cuddiai ei llaw yn ei phoced ac ofnai iddo ef neu un o'i weision sylwi bod y fodrwy werthfawr ar goll.

'Fe gefais i lythyr gan Asaff heddiw,' meddai'n ddiniwed amser cinio, gan ofalu cadw ei llaw chwith ddifodrwy o'r golwg dan y bwrdd.

'Do wir? Beth oedd ganddo i'w ddweud felly?' gofynnodd Maelgwn.

'Dim llawer â dweud y gwir – roedd o'n ein gwahodd draw am swper heno i ni gael sgwrs iawn.'

'Syniad da!' meddai'r tywysog. 'Mae gen i ddraig i'w lladd yng nghyffiniau Conwy y prynhawn yma felly mi fydda i'n barod am fy swper heno.'

Diolchodd Nest fod Maelgwn i ffwrdd y prynhawn hwnnw a thrwy wisgo menyg ar gyfer y daith llwyddodd i gyrraedd Llys yr Esgob yn Llanelwy heb i'w gŵr amau fod dim o'i le. Ond sut fyddai Asaff yn gallu ei helpu? Gwyddai am dymer ei gŵr, felly beth wnâi o pan glywai iddi fod mor esgeulus â'r fodrwy?

'Dewch i mewn ac eisteddwch wrth y bwrdd,' meddai Asaff ar ôl iddynt gyrraedd, gan ddangos bwrdd derw wedi ei hulio ar gyfer swper.

'Diolch Asaff,' meddai Maelgwn. 'Mi fedrwn fwyta ceffyl ar ôl yr holl hela yna'r prynhawn yma.'

'Wel, mae arna i ofn nad ydyn ni'n bwyta rheiny yma,' meddai'r esgob â gwên ddireidus ar ei wyneb. 'Dim ond eog ddaliwyd yng ngheg yr afon sydd gen i ar eich cyfer.'

'Gwych!' meddai Maelgwn. 'Does dim gwell yr adeg yma nag eog yn syth o'r mor.'

'Nagoes wir ond cyn hynny mae gen i rywbeth i'w

ddweud wrthyt ti Maelgwn,' meddai Asaff.

Adroddodd hanes colli'r fodrwy ac wrth i'r hanes fynd yn ei flaen, teimlai Nest ei chalon yn cyflymu wrth weld yr olwg guchiog ar wyneb ei gŵr. O'r diwedd, fedrai hwnnw ddal dim mwy.

'Beth? – rwyt ti wedi colli modrwy fwyaf gwerthfawr Gwynedd! Ti â dy nofio! Reit, dyna ddiwedd ar y lol hwnnw. Dwyt ti ddim i fynd ar gyfyl y môr eto!' bytheiriodd y Tywysog.

'Nid dyna ddiwedd y stori'n hollol, ond cyn hynny bydd rhaid i ni fwyta'n swper cyn iddo oeri,' meddai Asaff yn dawel gan roi winc ar Nest. Canodd gloch fechan oedd wrth ei benelin a daeth gwas â'r eog i mewn.

Er ei dymer, ni fedrai Maelgwn ond ei edmygu.

'Dyna bysgodyn hardd,' meddai'r tywysog. 'Rydw i'n siŵr y bydd o'n flasus iawn.'

'Synnwn i ddim,' meddai Asaff. 'Fe'i daliwyd o mewn rhwyd heb fod ymhell o'r fan lle'r oedd Nest yn nofio â dweud y gwir.'

'Hy!' meddai Maelgwn yn sorllyd.

'Ie, wel . . . ' meddai Asaff. 'Wnei di dorri tamaid bob un i ni Maelgwn?'

Estynnodd y tywysog gyllell finiog oddi ar y bwrdd a thorri talp o'r eog i'w wraig yn gyntaf. Ar hynny llithrodd rhywbeth disglair, crwn ohono a chlindarddach ar y plât. Y fodrwy goll oedd hi!

Credwch chi fi, wnaeth neb fwynhau ei swper yn fwy na Nest y noson honno . . .

* * *

Fel y soniais i eisoes, roedd Maelgwn wedi profi ei fod yn alluog iawn er pan yn ifanc iawn yn yr ysgol ac roedd angen hynny o allu oedd ganddo pan fu ei dad, Cadwallon, farw.

'Er dy fod yn fab i Cadwallon – heddwch i'w lwch,' meddai Einion, un o wŷr doeth Gwynedd, 'rhaid dewis y tywysog nesaf yn ofalus iawn. Rhaid pasio prawf i ddangos bod y sawl sy'n mynd i deyrnasu yn anghyffredin o beniog.'

'Beth ydi'r prawf?' gofynnodd Maelgwn.

'Tyrd draw i Aberdyfi ymhen wythnos ac fe gei di ac unrhyw un arall sy'n teimlo fod ganddo ddafnyn o waed brenhinol yn ei wythiennau brofi os ydi o'n deilwng o gael ei alw yn dywysog Gwynedd.'

Ac felly fu. O gyrraedd yno arweinwyd Maelgwn a'r hanner dwsin arall a deimlai fod ganddynt hawl i'r goron at y traeth.

'Ar hyn o bryd mae'n ddistyll,' meddai Einion, 'ond ymhen awr fe fydd y llanw'n troi a'r môr yn cychwyn gorchuddio'r traeth. Tywysog nesaf Gwynedd fydd yr un fedr ddal ei dir hiraf yn erbyn y tonnau. Pob lwc i chi!'

Dechreuodd rhai godi ponciau o dywod ar unwaith i'w codi uwchlaw'r llanw. Dechreuodd eraill dyllu ffosydd i droi'r môr draw oddi wrthynt pan ddeuai tonnau tuag atynt. Ond beth am Maelgwn? Doedd dim golwg ohono yn unman! Roedd wedi diflannu i'r twyni tywod gerllaw a dychwelodd cyn bo hir yn cario cadair wedi ei phlethu o'r moresg a dyfai yno.

'Am eistedd yn gysurus i wylio'r tonnau wyt ti?' meddai un o'i wrthwynebwyr, gan sheflio tywod fel jac-codi-baw.

'Na, fe gei di weld,' meddai Maelgwn.

Erbyn hyn roedd y llanw wedi troi ac yn prysur orchuddio'r traeth. Y rhai cyntaf i orfod ffoi rhag boddi oedd y rhai ger y ffosydd oherwydd fe'u llanwyd mewn dim. Chwarddai pobl y tomennydd tywod am eu pennau – ond nid yn hir. Roedd y llanw'n dod i mewn yn ddidrugaredd yn awr ac o un i un fe chwalwyd y tomennydd a ffoi oedd rhaid. Pwy oedd ar ôl bellach? Wel Maelgwn wrth gwrs! Ond sut? Roedd o wedi bod yn ddigon hirben i wneud cadair a nofiai ar wyneb y dŵr a bellach eisteddai arni'n gysurus yn gwylio'r lleill yn cerdded i fyny'r traeth yn wlyb fel sbangwn. Roedd Gwynedd wedi cael tywysog arall galluog iawn i ddilyn Cadwallon!

* * *

Yn y llys yn Neganwy roedd gan Maelgwn weision a morynion lu ac yn eu plith wyth deg o feirdd a thelynorion i'w ddiddanu. Cadfan oedd enw'r prif delynor a Rheinallt oedd y prif fardd. Am ryw reswm, doedd pethau ddim yn dda rhwng y ddau. Roedd Maelgwn wedi sylwi ar hyn a galwodd Rheinallt o'r neilltu un diwrnod.

'Dywed i mi, Rheinallt,' meddai, 'pam dwyt ti ddim yn hoffi Cadfan?'

'Dydi o'n gwneud dim ond edliw i mi bob dydd. Mae o'n ceisio dweud fod y telynorion yn well na'r beirdd, ond choeliais i fawr. Dydi o'n meddwl am ddim ond am gribo'i wallt a sbriwsio'i hun o flaen y drych. A dweud y gwir, mi fyddai Cadi Ffan yn well enw na Cadfan arno fo!'

Gan geisio cuddio gwên lydan aeth Maelgwn am ei stafell i feddwl sut i ddysgu gwers i Cadfan a rhoi taw ar ei edliw. Ac wrth gwrs, gan ei fod yn dywysog doeth cafodd syniad gwych.

'Rydan ni'n mynd i gael cystadleuaeth fawr mewn chwe mis. Cystadleuaeth rhwng holl feirdd a thelynorion Cymru fydd hi i benderfynu pwy ydi'r gorau.'

Unwaith eto, cafodd drafferth mawr i gelu gwên wrth weld yr edrychiad sbeitlyd roddodd Cadfan ar Rheinallt o glywed hyn, ond ddywedodd o ddim byd.

Cyn hir roedd posteri fel hyn yn ymddangos ym mhob rhan o Gymru:

CYSTADLEUAETH FAWR

**Ar ddydd cyntaf Tachwedd
cynhelir cystadleuaeth rhwng y
BEIRDD a'r TELYNORION**

GWOBRA U HAEL I'R ENILLWYR!

Beirniad: Ei Fawrhydi, y Tywysog Maelgwn

CROESO CYNNES I BAWB!
DEWCH YN LLU
*Y cystadleuwyr i ymgynnull ar y lan ger Deganwy
fore'r gystadleuaeth yn brydlon am 10.00*

Mae afon Conwy yn llifo i'r môr yng Nghonwy, a'r ochr arall, yn Neganwy saif llys Maelgwn. Fel roedd hi'n digwydd bod, roedd Tachwedd y cyntaf yn ddiwrnod

deifiol o oer ac afon Conwy'n llifo'n felyn ar ôl glaw mawr. Er hyn, roedd criw mawr o gystadleuwyr wedi dod ynghyd. Gwelid hwy ar y lan, yn ddau griw pendant, y beirdd yn griw siaradus a ffraeth a'r telynorion gyda'u telynau ar eu cefnau ac yn gwisgo dillad lliwgar. Yn y naill griw roedd Rheinallt ac yn y llall, wrth gwrs, roedd Cadfan, yn ceisio peidio cael mwd ar ei esgidiau llys gorau.

'Mae cwch yn dod drosodd o gyfeiriad Conwy!' meddai rhywun.

'Diolch byth!' meddai Cadfan, 'Mae'r tywydd oer yma'n chwarae hafoc hefo fy mysedd i.'

Erbyn hyn, roedd y cwch yn ddigon agos i bawb weld mai Maelgwn oedd yn ei rwyfo a chyn hir daeth i'r lan.

'Mae'n braf iawn gweld cynifer ohonoch chi wedi dod ynghyd y bore yma,' meddai. 'Bydd y gystadleuaeth yn cychwyn ymhen chwarter awr . . . ar ben Mynydd Conwy! Pob lwc i chi i gyd!'

'Ond sut ydyn ni i fod i gyrraedd yno?' gwichiodd Cadfan. 'Wela i ddim cychod yma i'n cludo ni drosodd.'

'Yn union!' meddai Maelgwn, gan neidio'n ôl i'w gwch. 'Fe'ch gwelaf mewn chwarter awr.'

Roedd yna bendroni'n awr. Doedd dim amdani ond nofio ar draws wrth gwrs – ond ym mis Tachwedd? Ac eira ar y mynyddoedd? A llif mawr yn yr afon?

Rheinallt oedd y cyntaf i dorri'r garw a phlymiodd i'r dŵr rhewllyd a nofio am Gonwy. Cyn hir roedd pawb arall yn ei ddilyn, gan gynnwys Cadfan a'r telynorion. Er y llif mawr, cyrhaeddodd pawb yr ochr draw yn ddiogel ond bod golwg eithaf truenus ar sawl un bellach, yn enwedig Cadfan a'i griw. Doedd eu dillad ffansi ddim wedi eu cynllunio ar gyfer nofio yng nghanol y gaeaf rhywsut, hyd yn oed os oedd eu telynau yn help rhag iddynt suddo!

Bellach, ar ôl bustachu i ben Mynydd Conwy, roedd y cystadlu ar gychwyn a'r beirdd yn cyfansoddi penillion ribidires ar waethaf eu trochfa. Stori arall oedd hi pan ddaeth y telynorion ymlaen. Roedd pob telyn yn wlyb domen ac ni ellid cael yr un nodyn ohonynt. Yn wir, syrthiodd ambell un yn deilchion, gan gynnwys telyn Cadfan, a oedd bellach yn ei ddagrau ar ôl difetha ei delyn a'i ddillad gorau!

Yn ei ffordd gyfrwys ei hun roedd Maelgwn wedi dangos mai'r beirdd oedd y gorau, oherwydd dim ots beth sy'n digwydd iddo, mae bardd yn dal i allu barddoni. Ac o'r diwrnod hwnnw ymlaen, fe gafodd Rheinallt lonydd gan Cadfan wrth gwrs!

* * *

Yn y dyddiau hynny roedd beirdd yn gallu gweld i'r dyfodol a sgrifennu barddoniaeth am hynny. Un diwrnod digwyddodd hyn i Elffin, un o feirdd llys Deganwy a dyma'r hyn sgrifennodd o:

'Fe ddaw creadur rhyfedd
O Forfa Rhianedd
I ddial anwiredd
Ar Maelgwn Gwynedd.
A'i flew a'i ddannedd
A'i lygaid yn felynedd
A hyn fydd diwedd
Maelgwn Gwynedd!'

Roedd Maelgwn wedi dychryn yn arw pan glywodd y geiriau yma.

'Y Fad Felen ydi'r creadur rhyfedd yma, Nest,' meddai wrth ei wraig.

'Beth ar wyneb y ddaear ydi hwnnw Maelgwn?'

'Bwystfil ofnadwy sydd wedi dod i'r wlad o rywle ymhell dros y môr.'

'Ond rwyt ti wrth dy fodd yn hela dreigiau a gwiberod,' meddai Nest. 'Pam na wnei di ladd hwn hefyd?'

'Mae'r bwystfil yma'n wahanol. Ran amlaf mae'n edrych fel rhywbeth mewn hunllef, hefo dannedd hir, melyn a miniog, yn barod i'ch llarpio ac wedi ei orchuddio hefo blew melyn, budr. Mae hyd yn oed ei lygaid yn felyn.'

'Ond fe ellir ei ladd, siawns?'

'Hyd yn hyn mae pawb wedi methu. Maen nhw'n dweud bod gweld y Fad Felen yn ddigon i'ch lladd ac mae ei anadl yn farwol hefyd. Ar ben hyn mae'n gallu newid ei siap. Ambell dro cawod o law melyn ydi o sy'n lladd popeth mae'n ei gyffwrdd.'

'Ble mae'r bwystfil erbyn hyn?'

'Yn ôl pob hanes mae'n dod ar hyd y glannau am yma, gan ladd pawb a phopeth ar y ffordd.'

'Ond mae wedi darfod arnom ni felly Maelgwn!'

'Nid yn hollol, Nest fach. Os awn ni i Eglwys Rhos a chau ein hunain ynddi gan orchuddio pob ffenestr a chloi pob drws fe fyddwn yn ddiogel. Feiddia hyd yn oed y Fad Felen ddim mynd i mewn fanno.'

A dyna wnaed. Er ei bod yn wasgfa fawr, caeodd Maelgwn a'i deulu a'i holl weision a morynion eu hunain yn Eglwys Rhos heb fod ymhell o'r llys. Erbyn gorchuddio pob ffenest a chloi pob drws roedd hi'n ddigon annifyr yno, ond roedd hynny'n well na marw.

Buont yno am oriau lawer heb glywed na siw na miw a gan ei bod fel y fagddu ni allent weld dim wrth gwrs. Yna, daeth sŵn siffrwd od, fel miloedd o nadredd yn symud drwy wair sych, a sŵn anadlu trwm, bygythiol y tu allan i'r eglwys.

'Y Fad Felen,' meddai Nest. 'Mae'r Fad Felen y tu allan!'

Heb feddwl beth oedd yn ei wneud, sbeciodd Maelgwn allan drwy dwll y clo. Yr eiliad honno, syrthiodd yn ôl ar wastad ei gefn ac erbyn i rhywun ddod â channwyll draw gwelwyd fod y tywysog yn farw gorn. Yn union fel yr oedd barddoniaeth Elffin wedi rhagweld, roedd y Fad Felen wedi lladd Maelgwn Gwynedd.

* * *

Er bod Maelgwn wedi marw ers yr holl flynyddoedd mae Eglwys Rhos yn dal i sefyll rhwng Deganwy a Llandudno ac eglwys fach dlos iawn ydi hi. Mae llawer o hen bethau ynddi, gan gynnwys carreg fedd sy'n dyddio'n ôl i amser Maelgwn. Nid ei garreg fedd ef ydi hi chwaith, er iddo gael ei gladdu yn yr eglwys.

Mae gweddillion llys Maelgwn i'w gweld hyd heddiw ar ben Bryn Maelgwn gerllaw hefyd ac os ewch chi i gyfeiriad Aberdyfi fe welwch chi Draeth Maelgwn lle trechodd y tonnau.

Fel y dywedais i ar y dechrau, os mai Maelgwn ydi'ch enw chi, mi ellwch fod yn falch ohono!

* * *

A dyna'r stori olaf wedi'i gorffen, ond nid yn hollol chwaith. Dim ond dyrnaid o straeon ydw i wedi medru eu dweud wrthych chi. Mae yna ddegau, ugeiniau – nage cannoedd! – o straeon difyr eraill nad ydych chi wedi eu clywed. Beth am ofyn i dad a mam, i taid a nain adrodd rhai am eich ardal chi?